オトナのための

古文再チャレンジ

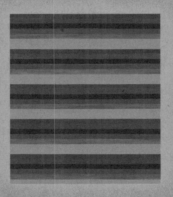

土方 洋一 著

青簡舎

はじめに ―古文、再チャレンジ！

この本を手にとってくださった方の多くは、かつて中学や高校で一応古文に触れる機会があったと思います。教科としての「国語」の一環である、教材化されている古文ですね。教材として授業で扱われる以上は、理解を確認するための試験があるので、試験のための勉強もしたはずです。でも、学校を卒業して社会人になってからは、国語の教員になった人を除いては、古文の原文に接する機会はほとんどないのではないでしょうか。

いうまでもなく、私たちがふだん生活しているのは、現代語・現代文の世界です。「いづれの御時にか～」のような文章に触れる機会はまずないし、古文に触れる機会がなくても生きていくのに何の支障もありません。

でも、かつて学校で古文を学んだことがあり、大人になってからは接する機会がないけれど、古文の時間に学んだことが気になっているという人もきっと多いはずです。なかには逆に、高校生時代に古典文法を詰めこまれたために、すっかり古文が嫌いになってしまったという人もいるかもしれません。でも、そういう古文に苦手意識をもっている人の中にも、大人になった今ふり返ってみて、古典が気になる、なんだか中学生高校生時代には古典と出会いそこなってしまったような気がする、と感じている人もいるのではないでしょうか。

たとえば電車に乗っていて、吊り広告などで『万葉集』とか『徒然草』とかいった文字を目にしたとき、「かつて、ちょっとだけ習ったよな」「何も憶えていないけれど、心に響く瞬間があったような気がするな」などと思い出して、なつかしい気持ちがするということもあるでしょう。

そんな、心の中に残っているなつかしさや引っかかりは、もう一度古典に近づくための大切な動機になると思います。そのふっと心に浮かぶ「あこがれ」のような気持ちを、そのままにして忘れてしまうのはもったいない気がします。

以前、ある新聞社のアンケート調査で、「いつかは読んでみたい文学作品」というのがあり、寄せられた回答には世界の名作文学といわれる作品がずらっと並んでいました。名作といわれ、長い間多くの人々に読みつがれてきた作品は、やはり気になるものなのですね。「別に読まなくても生きていける」と考える人よりも、「せっかく生まれてきたのだから、名作といわれる作品をいつか一度は読んでみたい」と思っている人のほうがきっと多いのではないかと想像しています。

その「いつかは読んでみたい文学作品」というアンケートの堂々の第一位になった作品は、『源氏物語』でした。日本語を母語とする人間で、『源氏物語』という作品の名前を聞いたことがないという人はほとんどいないでしょうし、「日本語で書かれた最高の文学だ」という評価も耳にしているのでしょう。でも同時に、「いつかは読んでみたい文学作品」というアンケートの第一位になるということは、「ちゃんと読んだことがない」という人が大部分だということでもあるはずです。

「いつかは読んでみたい」というのは、『源氏物語』に対する「あこがれ」のようなものですが、「いつかは」とあこがれる気持ちは、私たちの心の中にある様々な思いの中でも特別に強い力を持っている感情だと思います。「いつかは好きな曲をピアノで弾いてみたい」「いつかはオーロラを見に行きたい」、そういうあこがれの気持ちは、誰の心の中にもあるはずです。それはとても大切な感情だと思います。いつそれが実現するかは別にして、「いつかは」という気持は大切にしたほうがいい。

「『源氏物語』をいつかは読んでみたい」と思い続けているって、すてきじゃないですか。

でも、ハードルが高い。

「もう大人になっていて、試験のために古文を学ぶ必要はないけれど、『源氏物語』のような昔のことばで書かれた文章を原文で読んでみたい。でも、受験生の時のように、細々とした古典文法を学習参考書でもう一度勉強し直さないとだめだとしたら、それはしんどい」。

そう感じている人のために、この本は書かれています。この本を手にとってくださったのがいい機会ですから、気持ちも新たに、古文に再チャレンジしてみませんか？

『源氏物語』や『枕草子』は、書かれたときから数えると、もう千年にもわたって読みつがれてきた作品です。それだけ長い間たくさんの人々の心をつかんできたのですから、そこには並々ならぬ魅力的な世界が広がっているはずです。その豊かな世界に触れないままに人生を終えるのはもったいない。そういう感じる人が多いからでしょうか、私が知っている人の中にも、七十代、八十代になってから、真剣に古典を読み始めたという方々が少なくありません。現代では、社会人を対象にしたカルチャースクールや古典文学講座のようなものがあちこちで開かれていますが、たいてい満員で、教室は熱心にノートをとる年配の受講者であふれています。

学び直すことに「手遅れ」ということはありません。何歳からだって、再チャレンジは可能です。また、もう試験期間に間に合わせる必要もないのですから、急ぐ必要もありません。自分のペースで、じっくり取り組んでいけばいいのです。

この本は、忙しい社会人の方が少しずつ読んでいく、そんな読み方でも楽しめるように書かれています。もちろん、高齢の方ばかりではありません。学校を卒業して、古典を学ぶ機会がなくなってしまったけれど、もう一度、古典を楽しんで読んでみたい、そう思っているすべての方を対象にしています。学習参考書みたいな「お勉強」のための本にならないように、例文をあげる時にも、ただ本文をあげるだけでなく、できるだけその面白さが伝わるようなことをひと言付け加えるように工夫してみました。「勉強」と思わずに、趣味の読書として楽しむような感じで、自分のペースで読み進めていっていただければと思います。

目次

第一章　まずは親しもう

一　古文の旋律に耳を傾ける

私自身のことをお話しすると、たいがいの人と同じように、中学高校の国語の時間に「古文」として、昔の文章とはじめて出会いました。『源氏物語』とか『平家物語』とか『徒然草』とか、そんな有名な作品の一部分ですね（「古文」の教科書の中の一教材ですから、作品丸ごとは読ませてもらえません）。

もちろんその時には、大学で国文科に進学して古典を専攻することになるとは想像もしていませんでしたし、ましてや将来古典を教える教師になるなどとは夢にも思いませんでした。私の高校では、文系理系でクラスを分けたりはしなかったので、理系志望の連中と机を並べて、同じように古文の授業を受けていました。

まず高校の教室で出会った時の第一印象として、「古典って、おもしろいな」と思ったのです（いくらなんでも、その時にそう思わなければ、大学で国文科に進学するようなことにはならなかったはずです）。

おもしろいと感じるのは理屈ではないので、今からふり返ってみても、その時どうして自分がおもしろいと感じたのかを説明するのは難しい。でも、一生懸命に思い出してみると、こういうことだったのではないかと思います。

古文でも現代文でも、国語の時間には先生が文章を音読します。また僕たち生徒も、指名されて本文を音読したり、品詞分解したりさせられます。そういうときに、本文が声に出して読まれるのを聴いていて、昔の文章に惹きつけられるものを感じたというのが大きかったように思います。「僕らが読み書きしている文章とはずいぶん違うな」と感じ、その違うところに惹きつけられたのです。現代文は、声に出して読んでも何か平板で、音読する必要性をあまり感じませんでした。それに対して古文は、耳から聞いて心地よい文章が多いなと感じたのです。


祇園精舎《ぎおんしやうじや》の鐘の声、諸行無常《しよぎやうむじやう》の響きあり。

娑羅双樹《しやらさうじゆ》の花の色、盛者必衰《じやうしやひつすい》の理《ことわり》をあらはす。

おごれる人も久しからず、唯《ただ》春の夜の夢のごとし。

たけき者も遂《つひ》にはほろびぬ、偏《ひとへ》に風の前の塵《ちり》に同じ。


これは有名な『平家物語』の冒頭です。『平家物語』ははじめから声に出して語られることを前提として作られたテクストですから、声に出して読みあげると効果的な文章になっています。

それにしても、はじめてこの文章を声に出して読んだとき、まだ意味はよくわからなかったけれど、そのことばのリズムとか調べとか韻律の美しさにうっとりしたのを憶えています。「諸行無常」などという、高校生にはすんなりとはわかりにくいような観念も、文章の韻律の美しさに乗ることで素直に頭に入ってきたように憶えています。

つまり、私にとっては、古文はまず意味や内容よりも、聞いていて心地よい文章として、耳から入ってきたのです。古文が好きになる人がみなそうかどうかはわかりませんが、今からふり返ってみて、そういう古文との出会い方をしたのは幸運だったと思います。

改めて考えてみても、楽しんで古文を読もうとするときに音読することはとても大切だと思います。現代では、文章を読むときには黙読するのが普通ですが、近代になるまで音読は黙読と並んで大切な文章の味わい方とされていました。いや、むしろ黙読よりも音読のほうが本来の読み方と考えられていたかもしれません。明治生まれの母方の祖父は、新聞を読むときにときどき妙な節を付けて声に出して音読していました。子どもの私がどうしてそうするのか訊ねると、「このほうがよく頭に入るのさ」という答えが返ってきました。

近代以前に日本語で書かれた文章は、声に出して読んだときの「調べのよさ」が考慮されていました。書き手は手に筆を持って文章を書いているのですが、その際にも口の中でことばをつぶやきながら「調べ」を確かめつつ書いていたことも充分考えられます。

その「調べ」即ち「旋律」を意識しながら読むと、ただ本文を眼で追っているだけよりも、古文がいきなり身近なものに感じられるはずです。

有名な『枕草子』の冒頭を例に取り上げましょう。

春はあけぼの。やうやうしろくなりゆく山ぎは、すこしあかりて、紫だちたる雲のほそくたなびきたる。

この文章について、私の個人的な印象を述べてみます（あくまでも個人的な印象なので、違う感じ方をする人がいても大目に見てください）。

「春は、あけぼの」、このオープニングには、ア音が多く、本当に春の夜が明け初める頃の、これから何かが始まるような「ときめき」が感じられます。「やうやうしろくなりゆく」のあたりはア音の比率が少なくなり、じっと眼を凝らしているようなイメージが浮かんできます。「山ぎは、すこしあかりて」のところでまたア音が連続し、明るさが点じられたような感じ、「紫だちたる」はア音が多く、「雲のほそく」では一転してオ音が多くなります。そして「たなびきたる」ではまたア音が多くなります。こうして見ると、主にア音とオ音の交替が独特の旋律を生んでいる感じがします。

また、「春は・あけぼの」のように七音でひとまとまりになっていることばが多いことにも気がつきます。私たちは和歌で馴染んだ五音・七音の組み合わせに心地よさを感じるので、「春は・あけぼの」「しろく・なりゆく」「すこし・あかりて」のように七音（三音＋四音）の語句が繰り返されると、自然とそこに調べのよさを感じとるようです。

『枕草子』はもともと、大部分が仮名文字で書かれている「仮名文」です。わずかに漢字を交えることはあっても、基本的に仮名を中心に文章を書き綴ることが、この時代の女性が文章を書く際の一般的なあり方でした。仮名は、たとえば「あ」という仮名文字は文字自体は意味を持たず、「ア」という音だけを表している表音文字です。ですから、仮名は音声との親和性が高い。声に出して読もうとすることで、一文字一文字書いているときの書き手の呼吸とよくシンクロするということがあるようです。

「音読するといっても、平安時代の発音は、現代とは違っていたんじゃないの？」

そうです。たとえば、ハ行の音はもともとはしっかり唇を閉じて発音していたので「パ」行に近い発音、平安時代には唇の閉じ方が少しゆるくなって「ファ」行に近く発音されていたといわれています。「春」も現代人の「ハル」の発音とは違っていた可能性があるのですが、そういう厳密なことは音韻研究などを専門とする人が考えればいいのであって、一般の読者が普通に音読するときには気にする必要はありません。

作曲家のヨハン・セバスチアン・バッハは鍵盤音楽をたくさん書きましたが、現代のピアノにあたる楽器はバッハの当時にはまだ存在しません。バッハの時代には、チェンバロとかハープシコードなどと呼ばれる、ペダルで音を長く引き延ばせない楽器しかなく、その楽器での演奏を念頭に、バッハは作曲しています。でも、現代のピアノでバッハを演奏することは普通に行なわれているし、それでもバッハの音楽の本質は表現できると思います。バッハの時代の楽器で演奏しなければバッハの音楽は再現できないというのは偏狭な考え方です。それと同じように、その文章が書かれた当時と現代とでは発音が違っても、文章が書かれた当時の発音で音読しないといけないと考える必要はないのです。現代風の読み方で音読しても、「春はあけぼの」という文章の美しさは充分に味わえると思います。

声に出して音読しようとすると、どうしてもことばのつながり方を気にすることになります。「春はあけぼの」のあと、どの程度の休止符を置くのか、それによって文章の印象は変わってきます。「山ぎは」と「すこしあかりて」の間は少し空けるのか、続けて読むのかも迷うところです。

また音楽の例をあげることになりますが、ベートーヴェンの第五交響曲「運命」の冒頭、ベートーヴェンが「運命はこのように扉を叩く」と言ったとか伝えられる（真偽のほどは定かではありませんが）「ダダダダーン」のテーマは有名です。この曲の演奏をはじめるときに、ある指揮者は「ダダダダーン、ダダダダーン」を単なる主題の提示と見て、その後にあまり休止を置かずにどんどん先へ進めるし、別の指揮者はその後に思わせぶりな長い休止を置いています。楽譜に書かれている休止符は、「ここで何秒休止を置く」というような具体的な指示ではないので、指揮者の解釈によって休止の長さが変わります。

文章の音読もそれと同じで、どこでどの程度の休止を置くのかは、音読する人それぞれの解釈にかかっています。

音読の仕方には、正解はありません。どう読んだら自分にとって心地よい調べになるのかを工夫して楽しめばそれでいいのだと、私はわりきって考えています。

ご存じのように、この時代にはまだ句読点をつけてことばを区切りながら書くという習慣がありませんから、原文には句読点がなく、文字はずっと続けて書かれていました（筆で書いているので、一字ずつ紙から筆を離すよりは続けて書くほうが自然です）。原文に切れ目を示す記号がないため、いろいろな切り方が考えられます。その文章を書いているとき、書き手がどこからどこまでをひと息で書き、どこで筆を止めたのか、そんなことを想像しながら切り方を工夫するのも楽しいでしょう。細かいところを気にしすぎず、美しい旋律を味わうように文章の大きな流れを読みとるような気持ちで接すれば、自ずと文章を読むのが楽しくなるはずです。

あるいは、文章を楽譜に見立てて、これから自分がそれを演奏するのだと考えてもいいでしょう。自分にとってしっくりする演奏、自分らしい演奏を心がけるような読み方で差し支えないと思います。

コラム　「御」の読み方

古文を声に出して読もうとするときに困るのは、よく出てくる接頭語の「御」をどう読むかです。ゴ・オオ・ミ・オンなど、いろいろな読み方があります。みんな同じ読み方で通そうとするとおかしなケースが出てくるし、困りものです。

一応法則らしきものはあって、漢語につく場合にはゴ（「御殿《ゴテン》」・「御悩《ゴノウ》」など）、皇室に関わることばにつく場合にはギョ（「御物《ギョブツ》」・「御製《ギョセイ》」など）と読まれます。「御簾《みす》」・「御几帳《みきちょう》」など、一語化の度合いが強い場合に慣習的に「ミ」と読まれることもあったようです（「御幸《ミユキ》」もそう）。

「おほむ」（オオン）はもともと「大・御」（オオミ）が縮まってできたことばで、神などに関することばにつく敬意の高い敬語でしたが、敬語は使っているうちに敬意が軽くなる性質があるので、平安時代以降には一般的に使われるポピュラーな敬語になっていたようです。

方針としては、先に述べたようなゴ・ギョ・ミという読みがふさわしいと思われるときにはそう読み、迷ったら原則としてオオンと読んでおけばよさそうです。それでも悩ましいときはあり、「御心」はミココロと読みたい気がしますが、オオンココロと読んでも間違いではなさそうです。

写本で見ても、接頭語の「御」は漢字で表記されることが多く、当時の人々もそれをどう発音するかにはそれほどこだわってはいなかったように見うけられます。

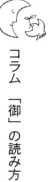

二　現代文とは世界が違う

古文は読みにくい。そう感じている人は多いと思います。高校生の頃、ただでさえ「読みにくいな」と感じているのに、そこに古典文法だの古典常識だのを詰めこまれて、ますますきらいになったというのはありがちな体験だと思います。古文が好きだったという人の中にも、「読みやすくはなかったけれど、そこが好きだった」というようなひねくれた人もいるかもしれません（笑）。

私自身は、古文を学び始めたときから、それほど読みにくいとは思いませんでした。もちろんすら読めたわけではありませんが、今とはことばが違うのだからある程度とっつきにくいのは当たり前だと、はじめから割り切っていました。それでも、英語なんかに比べればはるかにわかりやすいじゃないか、そんな感じだったと思います。苦手意識を持つ以前に、そこで描かれている世界に惹きつけられてしまったといってもいいかもしれません。

「わからない」からといって拒絶してしまわないというのは、大切なことだと思います。ことばによって書かれた文章と、それを読む人との関係は、「わかるか、わからないか」という二者択一的な関係ではありません。「わからないけど、何となく惹かれる」とか、「わかっているかわからないかがわからないけれど、なにか気になる」とか、様々な色合いの違いがあるはずです。「わかるか、わからないか」にこだわらず、まずは心を開いて受け入れようとするほうがいいと思います。

古文で使用されることばは、今と同じことばもたくさんあるけれど、今では使われない、見慣れないことばもたくさん出てきます。そんなことばを用いて書かれている文章なので、慣れないうちは読みにくいと感じるのはむしろ自然です。

また、使用される語彙だけでなく、文章の書き方も現代とは違っています。現代だったら、自分が文章を書くときには、論理的に、形式の整った形で書くということをまず意識します。そのほうが読み手に伝わりやすいと考えられているからです。

「一文は短く簡潔に」「主語と述語をきちんと示す」「下に係っていくことばがないような書き方はだめ」、そんなことは、文章を書くときの常識とされています。

でも、そういう現代の文章観は、古文には通用しません。だらだらと下へ続いていくような文章、主語述語がはっきりしない文章、下に係っていくことばがなくて宙ぶらりんになってしまう文章などは、ざらにあります。現代の文章観を唯一の基準として考えると、「古文には悪文が多い」と決めつけてしまいたくなります。そして、「悪文だから読めるようになる必要はない」として投げ出してしまう。

でも「古文には悪文が多い」というのは、あくまでも現代の文章観に基づく一方的な見方で、そこには英語などの外国語を知った上で現代人が「文章とはかくあるべし」と考えた理念が反映されています。かつて『源氏物語』を悪文だと決めつけた人の一人に、小説家の正宗白鳥がいますが、白鳥は、『『源氏物語』はアーサー・ウェイリーの英訳で読んだ方がよほどわかりやすい」と書いています。やはり、英語のような「主語・述語・目的語」といった明確な文の構造を持った文章がまともな文章だという価値観を持っていたのでしょう。

しかしながら、私たちが古文として接する平安時代から江戸時代までの文章は、そういう現代の文章の規範意識を持っていなかった人々によって書かれたものなのです。

では、昔の「仮名文」はでたらめに書かれていたのかといえば、それも違います。当時の文章は当時の文章なりに、読み手に伝わるような配慮のもとに書かれています。誰かに読んでもらうことを意識して書く以上、読み手が読みづらくないかを考えて書くのが当然でしょう。ただ、むかしの人は学校で文章の書き方を習うわけではないので、読み手に伝わることを願って書いている文章でも書き方にばらつきがあるというだけのことなのです。

ですから、私たちがすでに身につけている一定の文章観にしがみつかず、目の前にある文章の論理に素直に身をゆだねようとすることが、抵抗なく古文が読めるようになる早道だと言えるでしょう。

私の場合で言えば、最初はそこまで考えていなかったのですが、だんだん古文に親しんでいくうちに気づいたことがあります。高校生ぐらいになれば誰でも、文章とはこういうふうに書くべきものだという尺度を身につけています。でも、古文を学んでいると、かつては今とは違う基準で文章が読み書きされていたのだということがだんだんわかってきます。古文を学んでいると、自分が身につけている文章規範が必ずしも絶対的なものではなく、他の時代には他の時代の書き方があるのだということを自ずと意識するようになりました。自分が持っている基準を絶対的なものとせず、それを相対化するような別の基準を持つことの大切さを、私たちは人間として成熟していく過程で学んでいきます。自分自身の立ち位置を別の角度から眺めるような視点を身につけていることが、偏らない、バランスのいい判断ができる人間であるためには必要なのです。そのことを、私は古文の学びを通して少しずつ学んでいったように思います。これは外国語の学習についても言えることだと思いますが、自分が日常的に読み書きしているのではない別種の文章を楽しんで読む時間を持つことが、大切な知性のトレーニングになるのですね。

さて、古文独特の書き方の話です。

『源氏物語』や『枕草子』のような平安時代の仮名文を中心に考えると、それらは話しことばを基準として文章が組み立てられていました。現代の私たちは、文章を書くときには話すことをあまり意識はしないと思います。話しことばと書きことばとはそもそも別のものだと考えているからです。

しかし、仮名で文章を書く時、当時の書き手はそれが口頭で話すこととはまったく別の行為だとは思っていなかったはずです（彼らにとっての純然たる文章語は「漢文」でした）。おそらく仮名文の書き手は、まず頭の中で話しことばのようにことばを組み立て、それを文字で書かれた文章に変換することを無意識に行ないつつ書いていたはずです。平安時代の仮名文は、話すように書かれているのです。

声に出して話すことばには、自然な抑揚があり、ひと続きにいうくだりと、休止や息継ぎを挟むくだりというような切れ続きのリズムがあります。そのような話しことばのリズムが、仮名文には反映されているわけです。いささか大ざっぱな喩えですが、現代の文章が「眼で読む文章」という性格が強いのに比して、古文は「口で話し、耳で聞く文章」としての性格を強く持っているといえそうです。

従って、息継ぎの箇所が記載されている楽譜を見ながら歌をうたうときのように、ことばの切れ続きを意識しつつ声に出して読んでみるということが大切な接し方になります。

最初は、グニャグニャとした文章をどこで切って読んだらいいのか、戸惑うことが多いかもしれませんが、恐れることはありません。皆さんが手にしている活字のテキストにははじめから句読点が打ってありますから、読点（テン）で切ることを目安にして（目安ということは、必ずしもそれにとらわれなくてもいいという意味です）音読する習慣をつければ、自然に文章の流れが身についてくるはずです。

もっとも、古文を読む時には必ず実際に声に出して読まなければいけないというように考える必要もありません。電車の中などでは、声に出しては読みにくいですよね（まして「古文」！）。
声に出して読んでいるような気持ちになればいいのです。頭の中で音楽のメロディを思い浮かべるように、文章の調べを想像しながら読むのです。それだけで、ただ黙読するのとはずいぶん違ってくるはずです。

自分の声と結びつけるということは、文章を自分の身体の一部にするということです。音読することは、吐く息吸う息の呼吸とも密接に関わります。自分の呼吸、声帯から発せられる自分の声、そういうものと連動したことばは、すでに自分自身の一部になっています。自分の一部になった文章は、どんな文章でもそれなりにいとおしいものとして感じられるようになるはずです。

文章の切れ続きを意識しながら、声に出して読む習慣を身につけよう。

三　ことばのかたまりを見つけよう

古文を声に出して読もうとするときに、しばしばつっかえるのは、どこからどこまでが一つのことばのかたまりなのかが分かりづらいためです。

一つの文を単位として考えてみても、その文を構成する単語が単純に数珠《じゅず》繋ぎになって出来上がっているわけではありません。いくつかの単語が一つのかたまりを構成し、それらのかたまりがまたつながりあって全体の意味を作り出しているはずです。

ちょっとわかりづらいと思うので、現代文の例で考えてみましょう。たまたま最近読んだ本をぱらっとめくったところに出てきた文をあげてみます。池波正太郎の『編笠十兵衛』（新潮文庫）という時代小説の一節です。

酒杯を左手に持つ黒田小太郎を見ているうち、牧野成貞の満面に、すこしずつ、血がのぼってくるのを、十兵衛は見のがさなかった。

黒田小太郎という青年は斬り合いで右手を失い、かつて将軍の側用人を務めていた牧野成貞は小太郎の負傷に責任を感じている、そのため左手で酒杯を持つ小太郎の姿を見ているうちに、次第に牧野の心の中に慚愧の念が募ってくる、という場面ですが、そのような物語のあらすじはここではどうでもいいことにします。

この文は十いくつかの分節で構成されていますが、それらの分節が単純にタテにつながっているわけではありません。「酒杯を左手に持つ黒田小太郎」「牧野成貞の満面に、すこしずつ、血がのぼってくる」のように、その中にも小さな主語述語が含まれているようなことばのかたまりがいくつかあります。そして全体としては、「十兵衛は—見のがさなかった」が主語述語であり、十兵衛という人物が、牧野成貞という人物が黒田小太郎という人物を見ているところを、傍らから観察している場面であることがわかります。「Aを見ているうち、Bに～という変化が起こるのを、Cは見逃さなかった」という文なのですが、それに修飾句がついて長くなっています。「酒杯を左手に持つ黒田小太郎」のようなものが、ここで言う「ことばのかたまり」です。

私たちは文章を読みながら、無意識の裡にそのようなかたまりごとのことばのつながり方を把握し、全体として何が書かれているのかを理解しているのです。「読む」というのはそういうことです。

そのことを確認した上で、古文におけることばのかたまりを探してみましょう。

[例文]

六条わたりの御忍び歩きのころ、内裏《うち》よりまかでたまふ中宿りに、大弐《だいに》の乳母《めのと》のいたくわづらひて尼になりにける、とぶらはむとて、五条なる家たづねておはしたり。

（『源氏物語』夕顔巻）

（源氏の君が）六条あたりを忍び歩きなさっていた頃に、内裏からお帰りになる途上で、大弐の乳母が重い病気になって尼になってしまったのを見舞おうということで、五条にあるその家をお訪ねになった。

これは『源氏物語』の夕顔巻の冒頭です。巻の冒頭からいきなり主語がありませんが、主語は光源氏です（主語の見分け方についてはまた後で説明します）。『源氏物語』の一つ一つの巻は、もともとは独立した分冊になっていたと考えられます。その中の一つの巻がこういう始まり方になっているということは、これが光源氏を主人公とする物語の一部だということを承知して読んでいる読者を対象にして書かれているということでしょうね。

それはともかく、「かつて自分の乳母だった人が病気で臥せっているので、源氏が内裏より退出する途上で見舞いに立ち寄った」というのが、述べられていることの概要です。
「中宿りに」から後が少しごちゃごちゃして分かりにくくなっています。ここは、「大弐の乳母」が主語で、「いたくわづらひて」と「尼になりにける」という二つの述語があり、その全体を「とぶらはむとて」というさらに大きな述語が受けている形です（「とぶらふ」は「見舞う」の意）。つまり、「大弐の乳母のいたくわづらひて尼になりにける」（大弐の乳母がひどくわづらって、尼になってしまった）という大きなことばのかたまりがあり、それを仮にAとすると、「そのA（という人）を――（源氏が）とぶらはむとて」という構文になっているのです。

大弐の乳母の――いたくわづらひて
――尼になりにける、　を、　（源氏が）――とぶらはむとて、
――五条なる家たづねておはしたり。

現代の文章ならば、たぶんこのような書き方はしません。現代の文章法に基づいてこの文を添削しようとしたら、まず「大弐の乳母という人が重い病気になり、出家して尼になった」という出来事を書き、次にその苦境にある乳母を、かつてその人に養育された恩のある光源氏が見舞いに訪れた、というように、文を分けて書くように指導するでしょう。しかし、ここを書いている書き手の頭の中で

は、「大弐の乳母の病気」と「光源氏の見舞い」とが同時に発想されたため、それを一時に書こうとしてこうした書き方になったものと考えられます。口頭で話しているときには、私たちでもよくこうした咳き込んだような言い方になりますが、そういう話しているときのような感覚で書いているため、古文にはこうした一見ごたついた書き方がしばしば現れます。

「大弐の乳母のいたくわづらひて尼になりにける」のような、主要な文脈の流れの中にこうした大きなことばのかたまりが挟み込まれている書き方であることに、ぱっと見て気づくのはなかなか大変です。でも、何度も繰り返し読んでいるうちに、感覚的に慣れてくるはずです。こうした文章を読み慣れてくれば、音読しながら、「ここからここまではひとかたまりのことばだな」ということがなんとなく感知できるようになります。

なかなかハードルが高いようですが、実はここがわかるようになるということは、古文が読めるようになるための一大進歩なのです。ここが感覚的につかめるようになってくれば、もうかなり古文に慣れてきているはずです。「わからない」とあきらめないで、心の中で音読することを通してことばのかたまりに気づくというトレーニングを続けてみてください。そのうち、少しずつ読む力がついてくることが実感できるでしょう。

四　「主語」の問題

古文を読んでいると、主語が見つからなくて、うろうろさせられるということがよくあります。現代文に慣れている私たちの感覚では、主語がはっきりしない文というのは、読んでいても落ち着かない気分にさせられるものです。

吾輩は猫である。

メロスは激怒した。

のように、はじめから主語が明示されている文章のほうが、安心して読めるような気がします。でも、昔の文章はそうではありません。

[例文]

昔、男、かたゐなかにすみけり。男、宮仕へしにとて、別れ惜しみてゆきにけるままに、三年来ざりければ、待ちわびたりけるに、いとねむごろにいひける人に、「今宵あはむ」とちぎりたりけるに、この男、来たりけり。「この戸あけたまへ」とたたきけれど、あけで、歌をなむよみて出だしたりける。

あらたまの年の三年《みとせ》を待ちわびてただ今宵こそ新枕《にひまくら》すれ

（後半は後掲）

（『伊勢物語』二四段）

昔、男が片田舎に住んでいた。男は、宮仕えに出ようということで、別れを惜しんで出ていったまま、三年帰ってこなかったので、（妻は）待ちわびていたが、たいそう親切に求婚してきた人と、「今宵、結婚しましょう」と約束したところ、前の夫が戻ってきた。「この戸を開けてください」と叩いたけれど、開けないで、歌を詠んで差し出した。

「あらたまの（三年もの間あなたの帰りを待ちわびて、私はちょうど今夜新しい夫を迎えるのです）」

ご存じのように、『伊勢物語』は短い章段により構成された「歌物語」と呼ばれているジャンルの作品で、基本的に、個々の章段は独立した話になっています。ここに掲げたのは、都へ仕事を探しにいった夫が、ながらく音信不通だったため、妻は再婚を決意した、ちょうどその結婚の夜に、元の夫が帰ってきた、という悲劇です。

『伊勢物語』の多くの章段がそうであるように、この章段も「昔、男」で始まります。「かたゐなか」では働き口もないため、都へ出て働き口を見つけようと決心して出発したのでしょう。平安時代にも「就活」があったのですね。「別れ惜しみて」とあるので、仲のよい夫婦で、夫が帰ってくるまで辛抱して待っていることを約束して、妻は夫を送り出したと考えられます。

ところが、三年経っても夫は帰ってこなかった。それで、妻は夫がもう帰ってこないものと思い、別の男と再婚することにした（生活が苦しいので、いつまでも独身でいるわけにはいかないのでしょう。むしろよく三年も我慢したというべきです）。この時代、婚姻届のような書類上の手続きはありませんが、『戸令』という法律に、「子がない場合、夫が出奔してから三年が経過したら、妻は再婚してよい」という規定があります。「三年」という記述は、おそらくそれを念頭に置いているのでしょう。妻が再婚に踏み切ったところには、法的な問題はなかったわけです。

ところが、よりにもよってその再婚の晩に、元の夫がひょっこり帰ってきた。妻は戸を開けず、「待ちわびていたけれど、お帰りがなかったので、再婚することにしました」という歌を詠んで、元の夫に去ってもらおうとします。

さてこのくだりですが、冒頭の部分に「男」という主語が明示されていますが、「待ちわびたりけるに」「ちぎりたりけるに」のあたりは主語がありません。「この男、来たりけり」「～たたきけれど」

はまた「男」が主語で、それに続く「あけで」「よみて出だしたりける」はまた主語がなくなります。

この話には、夫と妻しか登場しないので、省略されている部分の主語は「女（妻）」です。でも、板挟みになった妻の苦しい気持ちがこの話の大事な要素なのですから、こういうところでは「女（が）」と、ちゃんと主語を書いてほしいと、私たちなら思いますよね。このようにしばしば主語が省かれるのは、おそらく話しことばの影響です。私たちでも、ふだんしゃべっているときには、「私が」「あなたが」というように、いちいち主語をはっきりさせたりはせず、むしろ話の流れで分かるところは省いてしまうような話し方をすることが多いはずです。

これは文字で書かれた文章ですが、「男が戸を叩いたが、女は開けずに」というように、いちいち両方の主語を明示することが煩わしく感じられたのでしょう。

この章段の後半は、次のようになっています。

といひいだしたりければ、

（男）梓弓《あづさゆみ》ま弓つき弓年を経てわがせしがごとうるはしみせよ

といひて、いなむとしければ、女、

（女）梓弓引けど引かねど昔より心は君によりにしものを

といひけれど、男、かへりにけり。女、いとかなしくて、後《しり》にたちて追ひゆけど、え追ひつかで、清水《しみづ》のあるところにふしにけり。そこなりける岩に、指《およぴ》の血して書きつけける。

（女）あひ思はで離《か》れぬる人をとどめかねわが身は今ぞ消えはてぬめる

と書きて、そこにいたづらになりにけり。

と、外にいる男に詠みかけたので、男は、

「長い歳月の間、私があなたを大切にしたように、新しい夫も大切にしてください。」

といって、去ろうとしたので、女は、

「様々なことがあったけれども、私の心は昔からあなたに頼っていたのに。」

と言ったけれど、男は去ってしまった。女はとても悲しくて、後を追っていったが、追いつくことができず、清水のあるところに倒れ臥してしまった。そこにあった岩に、指の血でもってこう書きつけた。

「私の気持ちが届かないで去っていった人をひきとめることができず、私の身は今こそ消え果ててしまうようです。」

と書いて、その場ではかなくなってしまった。

女は元の夫への思いを断ち切れず、あきらめて去っていく夫のあとを追うが、追いつくことができず、歌を詠んでその場に倒れ臥して死んでしまう、という悲しい結末になっています。この後半部分では、前半には見えなかった「女」という主語が繰り返し用いられています。夫が去ってしまい、女が話の中心になるからではないでしょうか。

このように見ていくと、主語はいい加減に書いたり書かなかったりされているわけではなく、話の流れや語り方によって、省かれたり省かれなかったりするということがわかります。

一見するとわかりづらいようですが、文章の流れにうまく乗っかってしまえば、意外にすんなり分かるものです。それに、ここだけの話、主語がはっきりしなくても、どんどん読みすすめていくことがそれほど苦にならない文章もたくさんあります。僕らがふだんしゃべっているときには、主語が誰かなどということはあまり気にしなかったりしますよね？　僕らが使っていることばは、もともとそういうことばなのです。

一つ一つの文の主語をきちんと把握していなければいけないというのは、後で解釈の試験をされるということを前提として読んでいる際にはそうかもしれませんが、実際にはもっと気軽でゆるやかな読み方をすることも許されているはずです。うまく文章の流れにのってなんとなくわかったつもりで読んでいるような時には、むしろ「ここの主語は誰か？」というようなことをいちいち気にしなくてもいいのではないかと思います。

五　一人称は省かれやすい

［例文］

先《さい》つ頃、雲林院《うりんゐん》の菩提講《ぼだいこう》に詣でてはべりしかば、例人よりはこよなう年老い、うたてげなる翁二人、嫗《おうな》といきあひて、同じ所に居ぬめり。（『大鏡』冒頭）

先立って、雲林院の菩提講に参詣いたしましたところ、普通の人よりはたいそう年をとって、むさくるしい風体の老人二人と老女とに出会い、同じ場所に座をしめたようです。

雲林院は、京都紫野の、現在の大徳寺の近くにあった寺院です（今も付近に雲林院という名のお寺がありますが、まったく別のものです）。菩提講は僧侶が法華経の講義をする催しで、一般の民衆にも聴講が許されていました。今でいえば、公開の講演会のようなものですね。

その菩提講に「詣でてはべりしかば」とありますが、誰が詣でたのか、主語が書かれていません。引用のあとに出てくる「見はべりしに」という述語の主語も同じ人のはずですが、それがどういう人物なのかは、先のほうまで読んでいってもあまりはっきりしません。

『大鏡』は、この雲林院の菩提講を聴聞に訪れた大宅世継と夏山繁樹と名乗る二人の老人が自分の体験を回想して語り合うのを、傍らの誰かが聴き取り、それを書き留めたものという体裁で書かれています。従って、地の文そのものは、あとになってからその折のことを語っている一人称の「わたし」のことばなのですが、その「わたし」という主語は明示されることがありません。雲林院の菩提講に参会して、たまたま同座することになった二人の老翁の回想を聞くことになったのは誰なのでしょうか。だいぶ後のほうで、藤原道長の娘の妍子周辺に仕えた人が想定されているらしき記述が出てきますが、最後までその正体が明らかにされることはありません。

『大鏡』は、「謎の書き手の手記」という体裁で書かれているのです。

このように、古文においては一般に、一人称の主語は明示されないことが多いのです。平安時代中期には、『かげろふの日記』などのような自分の体験を仮名で書き記した文章が現われます。一般に「日記文学」と呼ばれているそれらの文章は、自分自身の体験が書かれているのだから一人称で書かれていると、普通考えられています。

しかし、それらの作品において、地の文の主語が「われは」というように明記されることはほとんどありません。これもおそらくは慣習的に主語を明示しない話しことばの影響と考えられます。

現代の書きことばでは、主語と述語というのは文の要になる要素なので、それがはっきりしないととても意味をとりにくいと感じてしまいます。

けれども、昔の人であっても、主語なんかどうでもいいと考えていたわけではなさそうです。前後関係から主語を判断できるときには省略する、主語を明示しようとしたらできなくはないけれど、いちいち書くのは煩わしい、文章の書き方として「スマートではない」というような感覚があったようです。

一人称の主語が優先するような文章では、主語が省かれることが多いということを知っていれば、書かれていない主語を想像することは難しくはありません。「日記文学」と呼ばれるようなジャンルの作品で、特に先の『大鏡』の例文のように「はべり」ということばをともなっているときには、まず主語は一人称の「わたし」だと考えて間違いありません（敬語についてはまた後で触れますが、「はべり」は現代語の「です・ます」にあたる敬語です）。

ということは、その時に自分が読んでいる文章がどのようなジャンルに属する作品なのかをある程度意識しておくと読みやすくなるということになりそうです。現代の文章でも、フィクションだと思って読むのとノンフィクションだと思って読むのとでは、読む側の姿勢が違ってくるということはありますね。

「物語文学」や「日記文学」といったジャンルの違いは、文学史の知識として独立していて、語彙や文法に基づく本文解釈に関する知識とは頭の中の別の抽出しに入っていたりするかもしれませんが、実は両者は密接な関係があるわけです。

皆さんが手にしている活字の本文には、その作品について説明がされている「解説」や「手引き」などが付載されていると思います。そういう文章にも眼を通して、そこに書かれている作品のジャンルや成立の背景についての説明が、本文の解釈とどう関わるのかを考えながら読むとヒントがつかめると思います。

「物語」というジャンルの作品だと書かれていたら、語り手（ナレーター）が物語の世界を外側から見つつ語っていると思って読めばいいし、「日記」というジャンルの作品だと書かれていたら、作者が一人称で書いていると思って読めばいい、という感じです。

『大鏡』は歴史物語ですが、冒頭の部分では、物語の世界の中にいる語り手が直接語り始めるような形式をとっているため、一人称的な文体になっているわけです。

六　隠れている主語

［例文］

手のわろき人の、はばからず文書き散らすはよし。見苦しとて人に書かするはうるさし。

（『徒然草』三五段）

字の下手な人が、かまわずにどんどん書き散らすのは、かえって好ましい。見苦しいからと言って、わざわざ人に代筆してもらったりするのは、気の遣いすぎで煩わしい。

ワープロソフトが普及した現代と違って、文字を書くといえば肉筆しかなかった時代、字の上手下手は書く人にとって切実な問題でした。字の下手な人はそれを気に病み、なんとか隠そうとしたことでしょう。ところが、『徒然草』の著者兼好は「字が下手でも、下手なりにどんどん書けばいいのだ」と言っています。こう言ってもらうと、ずいぶん気が楽になりますね。

ここに掲げたのは、わかりやすい例文ですが、ここには古文を読み解く際の一つのカギがあるようです。内容は先に現代語訳した通りですが、文の形に眼を向けてみましょう。「書き散らすは」「書かするは」というところに注目してください。

文法的にいうと、「手のわろき人の、はばからず文書き散らす」が「名詞句」というひとつのまとまりになっていて、「字の下手な人が気にせずどんどん文を書くこと」という一つの事柄を表しています。それを受ける述語が「よし」です。現代語に訳すときには、「～することは」「～するのは」と訳して、「よし」（好ましい）という述語へつなげるようにします。「見苦しとて人に書かする」（字が下手だからといって、人に代筆させること）も同じで、一つの名詞句です。これが主語で、その述語が「うるさし」です。

このように、主語にあたることばが連体形で終わっていたり、助動詞「む」で終わっていたりする大きなことばのかたまり（名詞句）になっている形が、古文にはよく出てきます。そのようなことばのかたまりは、「～ことは」「～時は」「～人は」などと訳して下へとつなげて解釈することになります。

次の例文も同じです。

［例文］

同じ心ならむ人としめやかに物語して、をかしきことも、世のはかなきことも、うらなく言ひ慰まむこそうれしかるべきに、さる人あるまじけれど、つゆ違はざらむと向かひゐたらむは、ただひとりある心地やせむ。
（『徒然草』一二段）

同じ気持ちであるような人としんみりと四方山話をして、おもしろいことも、世の中のとりとめもないことも、率直に吐露することができたらうれしいにちがいないけれど、そんな人もいないだろうから、そういう雰囲気を求めて少しも行き違うことがないようにしようと思って向かい合っていたとしたら、たった一人でいるような孤独な気持ちがしないだろうか。

「うらなく言ひ慰まむこそ」は「率直にことばに出して慰められる（こと）」の意味で、「そうだとしたら、それは」と下へ続いていく呼吸です（「うれしかるべきに」が述語）。「つゆ違はざらむと向かひゐたらむは」は、「少しも考えが違わないようにと努めて向かい合っている（こと）」の意味で、同じように「そうだとしたら、それは」と下へ続いていきます（「ただひとりある心地やせん」が述語）。つまり、このような言い方は一種の仮定で、仮に想定している事態が文の中で一つのことばのかたまりになっているのです。

このようなある条件や仮定を、文章の中で一つの大きなことばのかたまりとして提示するような言い方は、古文によく見られるものです。こうした言い方に慣れることも、古文に親しむ一つの早道なので、音読しながらこうしたことばのかたまりを探すようにするといいでしょう。

先にも述べたように、音読するということは、ことばに舌の先で触れるということであり、文章を眼で追っているだけよりもことばのかたまりを探しやすくなるはずです。「〜することは、〜だ」とか、「〜だとしたら、それは〜だ」というような書き方は、「〜」にあたる部分が長くなると、ことばのかたまりを見つけるのが難しくなりますが、慣れるしかありません。どこからどこまでがひとまとまりのことばのかたまりなのかを意識しつつ、ゆったりとした気持ちで読んでいきましょう。

＊なお、『徒然草』のこの本文の解釈は、注釈書によって異なります。興味のある人は、注釈書を比較して見てください。専門家による本文の捉え方にも違いがあることがあります。余裕があったら、複数の注釈書を比較してどこかに解釈の違いがないかを探しつつ読むのも楽しいと思います。Aという注釈書の解釈と、Bという注釈書の解釈があるけれど、どちらも納得がいかない、私はCのように解釈したい、というように、自分独自の読みをうち立てるのも、読者の権利です。

七　長文に挑戦しよう

「古文は現代文のように短く切れず、だらだらと続いていくので、読んでいるうちにわけがわからなくなる」。

古文が苦手な人の代表的な意見です。おっしゃる通りなのですが、だからといって投げ出してしまうのは残念ですね。どうして古文では文が長くなるのか、どうすれば長文を読みやすくできるのかを考えてみましょう。

試みに、『土左日記』の冒頭を見てみましょう。

男もすなる日記《にき》といふものを、女もしてみむとてするなり。
それの年の師走の二十日あまり一日の日の、戌《いぬ》の時に門出す。
そのよし、いささかにものに書きつく。

男が書くという日記というものを、女もやってみようと思って書くのである。これこれの年の師走の二十一日、戌の時に出発する。その次第を、少々文に書きつける。

ここでは一つの文があまり長くなっていません。一口に古文といっても、全部がだらだらと長い文で書かれているとは限らないようです。どういうときにどういう仕組みで文が長くなるのかを考えてみましょう。

[例文]

この人々、ある時は竹取を呼び出でて、「娘を我に賜《た》べ」と、伏し拝み、手をすりのたまへど、「おのが生《な》さぬ子なれば、心にも従わずなむある」といひて、月日過ぐす。(『竹取物語』)

この人々は、やってきては竹取の翁を呼び出し、「娘を私にください」と伏し拝み、手をすりあわせておっしゃるけれど、「自分が生まない子なので、思う通りにならないのです」といって、月日を過ごしている。

「この人々」はかぐや姫の求婚者たちのことで、以下の主語になっています。「呼び出でて」「伏し拝み」「手をすりのたまへど」が述語です。「おのが生さぬ子なれば」云々は、翁のことばで、ここから翁に主語がかわっています。

主語がはっきり書いてなくて、しかも文の途中で主語が入れ替わったりする。こうした反則わざ？が古文の読みにくさの最たる原因ですが、なぜそうなるのかをさらに追求してみましょう。
先の「呼び出でて」の「て」、「のたまへど」の「ど」のように、ことばのかたまりとかたまりとをつなぐ働きをしている助詞があります。文法的には、語句をつなぐ働きをしている助詞を接続助詞といいますが、ひとまず列挙してみると、接続助詞には次のようなものがあります。

に・を・が　上下をつなぐ
ば　（未然形につく場合）仮定条件
　（已然形につく場合）確定条件
ど・ども　逆説の確定条件
とも　逆説の仮定条件
て・して　単純接続
で　打消接続
ものの・ものを・ものから　逆説の確定条件

「に」「を」「が」は、文法の参考書には、

1　順接の確定条件
2　逆説の確定条件
3　単純接続
の用法があると説明されていますが、これらを併せるとたいていのつなぎ方はまかなえてしまいます。従って、あまり神経質にならず、これらは、

前後をどうでもつなげる助詞

だと考えておけばいいと思います。

ここではひとまず、これらの接続助詞の下に読点（テン）があり、そこまでがひとかたまりのことばになっているらしいところに注目しておきましょう。

さて、「主語—述語」のブロックを接続助詞がつなぐことで文が長くなっていくということがわかりました。

ブロックA＋接続助詞＋ブロックB

文法書には順接とか逆接とか、前後のつなぎ方がはじめからはっきり決まっているかのように書か

れていますが、接続助詞が前後をつなぐつなぎ方はわりあい曖昧で、各接続助詞の機能がそんなに厳密に決まっているわけでもなさそうです。接続助詞の機能が「〜ので」なのか「〜けれど」なのか「〜したところ」なのか、そのあたりはあまり神経質にならず、前後のブロックの意味内容から考えてどうつなぐのが自然に感じられるかで、事後的に判断することにしましょう。

＊順接とか逆接とかいうようなことばのつながりの論理的関係は、英語のような西欧の言語によって導かれた文章観で、もともと日本語の文章では、そうした論理関係を明確に区別するという意識は希薄だったようです。

［例文］

霧のいと深き朝、いたくそそのかされたまひて、ねぶたげなる気色にうち嘆きつつ出でたまふを、中将のおもと、御格子一間上げて、「見たてまつり送りたまへ」とおぼしく、御几帳ひきやりたれば、御頭《みぐし》もたげて見出だしたまへり。

（『源氏物語』夕顔巻）

（現代語訳は52頁参照）

光源氏が愛人の六条御息所の許を訪れ、翌朝帰っていく場面です。文中の「中将のおもと」は、六条御息所に仕える女房です（「おもと」は「御もと」から来たことばで、女性に対する軽い敬称）。御息所自身は身分のある女性なので寝所から動かず、お付きの女房である「中将のおもと」が主人の代わりに源氏の君を見送りに出るのです。この文を接続助詞のところで切って、ブロックに分けてみましょう。

霧のいと深き朝、いたくそそのかされたまひて、
ねぶたげなる気色にうち嘆きつつ出でたまふを、
中将のおもと、御格子一間上げて、
「見たてまつり送りたまへ」とおぼしく、御几帳ひきやりたれば、
御頭もたげて見出だしたまへり。

普通、日本語では述語は文の末尾にあるので、最初のブロックの述語は「そそのかされたまひて」ですね。「そそのかされ」というのは、早く退出するようにうながされるという意味です（「そそのかされ」の「れ」は受身）。男性が女性の許で一夜を過ごし、翌朝帰る時には、まだ暗いうちに退出するのがルールで、明るくなるまで居続けるのはマナーに反するとされていました。この朝、霧が立ちこめていていつまでもうす暗いこともあって、源氏はつい寝過ごしたのでしょう。「早くお帰りにならなくては」とうながされて、ようよう立ち上がった。「そそのかされたまひて」の主語は、源氏です。次のブロックの述語は「うち嘆きつつ出でたまふを」ですが、引き続き源氏が主語だということ

はすぐにわかります。次のブロックは、「上げて」が述語で、主語は「中将のおもと（が）」と明示されています。その次は、「ひきやりたれば」が述語ですが、その前にある「見たてまつり送りたまへ」ということばは「せめて眼で追うだけでもお見送りなさってください」という意味で、御息所に向けてのことばですから、主語はやはり「中将のおもと」です（源氏や御息所が主語ならば敬語が必要ですが、ここには敬語がないことも手がかりです）。「中将のおもと」が格子を上げ、几帳を押しやって、御息所のいる臥所から退出する源氏の姿が見えるようにはからったのです。次の「見出だしたまへり」はそれを受けての動作なので、主語は御息所です（ここでは「たまへ」という尊敬語が使われています）。

以上、はっきりした主語を補ってみると、

（源氏は）――いたくそそのかされたまひて、
（同）――うち嘆きつつ出でたまふを、
中将のおもとは――御格子一間上げて、
（同）――御几帳ひきやりたれば、
（御息所は）――御頭もたげて見出だしたまへり。

のようになります。こうしてみると、接続助詞にも、前後で主語が変わりやすいものと、変わること

が少ないものとがありそうだということが分かります。具体的にいうと、

・**接続助詞「に」「を」「（已然形接続の）ば」の前後では、主語が入れ替わりやすい**（「ど」「ども」の前後でもわりあい入れ替わりやすい）。

・**接続助詞「て」の前後では、主語が入れ替わりにくい。**

という傾向がありそうです。おそらく、前者はブロックからブロックへ移るときにやや大きめの休止を置き、後者はすぐに次のブロックへ続くというような呼吸の違いがあるのでしょう。

あくまでもこれは原則で、例外はたくさんありますが、一応の原則として憶えておくと便利です。

念のために、右にあげた例文の現代語訳をつけておきます。

霧のとても深い朝、（源氏の君は）しきりにせき立てられて、眠たそうなご様子でぶつぶつ言いながら退出なさるのだが、中将のおもとは、格子を一間上げて、「お見送りなさいませ」という気持ちからか、御几帳を取りのけるので、（六条御息所は）頭を持ち上げてそちらへ目をおやりになる。

もう一度、長文読解の手がかりになる考え方をまとめておきましょう。

(1) **接続助詞のところでブロックに分ける。**

(2) **各ブロックの述語を確認する**（各ブロックの末尾、接続助詞の直前が述語）。

(3) **その述語に対する主語は誰かを考える**（接続助詞の違いや敬語の有無が手がかり）。

(4) **ブロックごとの主語述語が明確になったところで、ブロックとブロックとがどうつながっているのかを考える。**

それでは、長文読解の総仕上げとして、かなり難解な長文に挑戦してみましょう。光源氏が妻の紫の上に、明石に滞在していた頃に知り合った女性、明石の君との間に女の子が生まれた、ということを、はじめて知らせる場面です。

［例文］

女君には、言《こと》にあらはしてをさをさ聞こえたまはぬを、聞きあはせたまふこともこそと思して、「さこそあなれ。あやしうねぢけたるわざなりや。さもおはせなむと思ふあたりには心もとなくて、思ひの外に口惜しくなん。女にてあなれば、いとこそものしけれ。尋ね知らでもありぬべきことなれど、さはえ思ひ棄つまじきわざなりけり。呼びにやりて見せたてまつらむ。憎みたまふなよ」と聞こえたまへば、面《おもて》うち赤みて、「あやしう、常にかやうなる筋のたまひつくる心のほどこそ、我ながら疎《うと》ましけれ。もの憎みはいつならふべきにか」と怨じたまへば、いとよくうち笑みて、「そよ、誰がならはしにかあらむ。思はずにぞ見えたまふや。人の心より外なる思ひやりごとしてもの怨じなどしたまふよ。思へば悲し」とて、はてはては涙ぐみたまふ。

（『源氏物語』澪標巻）

（現代語訳は56～57頁参照）

登場人物は、光源氏と紫の上だけなのですが、主語がくるくる入れ替わるので、文脈をたどるのはかなりたいへんです。登場人物が二人だけのこの程度の長文は、すーっと読んでもだいたい理解できるという人は、以下の説明は飛ばしてもらってもかまいません。

例によって、接続助詞のところで区切り、述語を確認した上で、主語がはっきりしているところについてはそれを書き出してみます。

女君には、言にあらはしてをさをさ聞こえたまはぬを、|

聞きあはせたまふこともこそと思して、|

「……」と聞こえたまへば、|

面うち赤みて、
「……」と怨じたまへば、
いとようち笑みて、
「……」とて、
はてはては涙ぐみたまふ。

「とて」は会話や心内語を受けることばとしてよく出てきますが、「と言ひて」「と思ひて」を略した形なので、接続助詞「て」に準じて考えます。

ほとんど主語が出てこない長文ですが、先に学んだ「に」「を」「ば」の前後では主語は変わりやすい、「て」の前後では変わりにくい、という原則を適用して、主語を入れていきましょう。

最初のブロックは、「女君（紫の上）にはこれまで明石の君のことを伝えていなかった」という意味なので、「聞こえたまはぬを」の主語は源氏の君です。下の接続助詞は「を」ですが、次のブロックは、「「よそからこのことが紫の上の耳に入ったら困る」と思って」という意味なので、引き続き源氏が主語です（ここは「を」の前後で主語が変わらない例外です）。以下は、法則通りです。

（源氏は）女君には、言にあらはしてをさをさ聞こえたまはぬを、

（同）聞きあはせたまふこともこそと思して、

（同）「……」と聞こえたまへば、

（紫の上は）面うち赤みて、

（同）「……」と怨じたまへば、

（源氏は）いとよくうち笑みて、

（同）「……」とて、

（同）はてはては涙ぐみたまふ。

現代語訳は、以下のようになります。

（源氏の君は）これまで女君にはまったく打ち明けてお話ししていなかったのだが、「よそからお聞きになったら具合が悪い」と思い、「こういう次第なのだそうです。奇妙にもちぐはぐなことになるものですね。子を生んでほしいと思うあなたにはその気配もなくて、意外なところで子が生まれるとは残念なことです。それも女の子だということなので、とても面白くありません。放っておいてもかまわないようなものですが、そんなふうに放置もできないものですね。迎えとってお目にかけましょう。憎んだりなさいますな」と打ち明けなさったところ、（紫の上は）顔を赤らめて、「いやですわ、いつもそのように私が嫉妬するものだと気を回させる自分自身が、うとましくなってしまいます。他の女を憎むなどということをいつ学ぶことがありましょうか」とお恨みになるので、（源氏は）にっこりと微笑んで、「それぞれ、いったい誰が教えたものでしょうか。思いがけないご様子をなさるものです。私が思ってもいないことを想像して恨んだりなさるとは。思えば悲しくなります」とおっしゃって、しまいには涙ぐんでいらっしゃる。

紫の上は少女の頃から光源氏の手元で養育され、女としてのたしなみも教養も、すべて源氏によって教え込まれた人でした。その特別な信頼関係を前提として、「そんな最近知り合ったような女に嫉妬などしておりません」と言いつつすねる紫の上に対して、「あなたが嫉妬するようなことではない、大した関係ではないのです」と言ってなだめようとする源氏。微妙な二人の対話から、夫婦の関係の難しさが生々しく浮かび上がってきます。

古文の長文は、このように、「主語—述語」が接続助詞によって単純につながっている、まるで車両を連結して列車が長くなっていくような構造のものが多いのです。文法的な言い方をすれば、主語と述語によって構成されている「文」が単純に並列的につながっている、「重文」と呼ばれる構造です。そう考えれば、意外に単純な構造なのですね。

そのことを理解した上で、どんなに長い文でもいったん短いブロックに分け、その中で「述語を確認→主語を確認」という順序で確認しつつ読み進めていくと、ずいぶん読みやすくなるはずです。あとはその法則を自分なりに応用して、上手に読む工夫をしてみてください。

古文は現代文と違って難しいとはいっても、同じ日本語なのですから、文の構造から違う外国語のようには難しくはありません。基本的には、私たちがふだん使っているような「誰が（何が）―どうした」という文構造がつながってできあがっているものです。「素直に読んで、普通に理解できるはずだ」と思って、恐れずチャレンジしてみてください。

何百年も前に生きていた人々と、文章を通じて心を通わせることができるというのは、考えてみるとすごいことです。その時空を超えたコミュニケーションが、私たちには可能なのです。ためらっていてはもったいないですよね。

第二章　それぞれのことば

——動詞と形容詞

前章では、古文と呼ばれる昔の文章が身近に感じられるようになるコツのようなものについてお話ししました。前にも述べたように、一つ一つの単語の意味を憶え、それをつなげていくというやり方では、なかなか古文が読めるようにはなりません。もっと大きく流れをつかむように心がけたほうが有効だというのが、ここでの考え方です。

しかし、大まかでもいいのですが、古文の中の一つ一つの単語の意味を理解しておいたほうがいいのはいうまでもありません。この章では、古文に登場する重要な単語についておさらいしておきましょう。（「こまかい単語のおさらいは、今やりたくないな」という人は、第五章へ飛んでも差し支えありません）

古文で使用される品詞とその意味や働きについては、高校や予備校などで一通り習ったと思います。大学受験の時に、『必修古文単語』というような参考書と格闘した人も少なくないと思います。でも、細かいことはもう忘れてしまいましたね。ふだん古文を読んでいなければ、それが普通です。忘れていて、ちっともかまいません。

内田百閒という作家が、「いったん憶えたことは忘れまいとするようなさもしいことを考えてはいけない。忘れてしまったあとに、えもいわれぬ大切なものが残る」という意味のことを述べています。

全然知らないのと、一度憶えたけれど忘れてしまったのとでは、雲泥の違いがあります。

どうですか？少し気が楽になったのではありませんか？

「全部忘れちゃったけど、また読めば少しは思い出すかも」というところから再スタートするというゆったりとした気持ちで、事に臨むことにしましょう。

本当のところ、古文を楽しく読むためには、細々とした体系的な知識はそれほど要りません。でも、古語の知識や古典文法の知識は、ある程度持っていたほうが、より楽しく読めるということも事実です。高校の時の授業では、文法だけ切り離して詰めこまれたりするので、苦痛に感じたりしたかもしれません。憶えること自体が目的になると、苦痛に感じるに決まっています。しかし、古語の知識や古典文法の知識は、何よりも楽しく読むために必要なものなのです。この章では、楽しく読むために最低限必要な知識にしぼって学び直すことにしましょう。きっと読んでいるうちに、「ああそれ、習った憶えがあるなあ」と思い出すこともあるはずです。


さて、古文単語です。

私自身は、英語ではみんながやっているように単語帳を作って憶えるようなことをやりましたが、古文単語については、単語帳を作って憶えるようなことは一度もしませんでした。「訳語を憶えても意味がなさそうだ」ということは直感的にわかったので、文脈の中でのことばのニュアンスを理解することに努めていました。この勉強法は、いま考えてみてもそれほど間違ってはいなかったと思います。

そこに書かれている一つ一つのことばの意味を理解することはもちろん大事です。ことばの意味を理解せずに、なんとなく感覚に頼って読んでいると、内容を誤解してしまうおそれもありますね。現在使われているのと同じことばでも、古文単語としての意味は違うということもよくあります。

たとえば、「やうやうしろくなりゆく山ぎは」（『枕草子』）の「しろく」は、「色が白い」という意味ではなく、「しるし」（顕著だ・はっきりしている）と関係があり、**空が次第に明るんでくること。**で、明るくなってきた空を背景に山の稜線（京都の東山の山並みでしょう）が浮かび上がってくるようにはっきりと見えてくるという意味です。

そういうそれぞれのことばの意味の理解はもちろん大切です。けれども、注釈書を傍らに置いて読んでいれば、大まかなことばの意味はだいたいそこに書いてあります。また、読んでいて、「「山ぎは」がだんだん「白く」なっていく、というのは変だな」というように疑問が生じたとき、古語辞典を使って自分で調べてみればいいのです。それで「しろし」ということばの意味やニュアンスが分かれば、「ああ、清少納言が書きたいと思ったのは、こういうことだったのだな」と腑に落ちるわけです。

自分の心を通して一つ一つのことばと対話することは、「理解した」「伝わった」という感動に結びつきます。その感動が、古文に親しみを感じる動機になります。

さて、そうすると、古文を読む際に、古語辞典は必携のアイテムだということになります。古文で使われることばの本来の意味を知るために、古語辞典を引いて意味を調べることはどうしても必要になります。古文に再チャレンジしようとする時には、まずちゃんとした古語辞典を一冊座右に置いておきましょう（後で述べる理由で、電子辞書やスマホの検索ではだめです。本の形の辞書が必須）。

ことばの意味を調べる際に気をつけたいことは、「意味」とは何かを理解しておくことです。高校の古典の授業などで「意味調べ」と称する作業をさせられたことがあるかもしれません。「意味調べ」とは、古文単語の「意味」を辞書を使って確かめることだったはずです。古語辞典の項目に書かれていることを読んで、教室で学んでいる生徒諸君は単語の「意味」がわかったように感じます。でも、思い出してみてください、「意味調べ」をするときの目的は、「現代語に置きかえること」だったのではないでしょうか。実は、これがつまづきの原因です。

「現代語に翻訳したもの＝意味」という考え方を、いったんリセットしてください。

一例を挙げると、「をかし」という形容詞があります。この形容詞を『岩波古語辞典』（なかなか個性的で面白い辞書です）で引いてみると、「①招き寄せたい。喜んで迎え入れたい。②興味が引かれる。おもしろい。③美しくて心が引かれる。魅力がある。④かわいらしい。」等々とあります。そうした辞書の記述を参照して、そのくだりを現代語に訳すときに一番ぴったりくる訳語を選んで、「『をかし』には①②…という七つの意味があるが、ここでは①の意味で使われている」などという説明の仕方を、高校生はよくします（大学生でも、どうかするとこういう説明をします）。

しかし実は、このような把握の仕方には問題があります。そもそも、一つのことばにいくつもの「異なる意味」があるなどということがあり得るでしょうか。ことばというものは本来そのようなものではありません。全く異なる意味を表すためには、別の語が用意されているはずです。一つのことばは、一つの大きな意味のかたまりであって、そこからややニュアンスの異なる意味が派生したり、時代によって意味が変遷することはあっても、基本的にどんな場合でも共通する何かを表現しているはずなのです。一つのことばが担っている、ある共通するニュアンス、色合いのようなもの、それがそのことばの「意味」です。

それでは辞書に①②…というように掲げられている項目は何かというと、あれは「意味」の違いを表しているのではなく、現代語に置きかえる際の「訳し方」の違いを表しているのです。「をかし」という古語が担っている複雑なニュアンスの拡がりをそっくりそのまま置き換えられるような現代語は存在しません。従って、現代語に置き換える際には、文脈に応じて、「おもしろい」とか「かわいらしい」とか別の訳語をあてることになりますが、それはあくまでも「をかし」という語が担っているニュアンスの拡がりの中の一部分を取り出しているだけで、別々の意味というわけではないのです。だから、「をかし」という語の「意味」を知ろうとするならば、そのもともとの語が持っているニュアンスを理解することが大事であり、どういう現代語に置き換えられるかは二義的な問題にすぎません。

では、語の持つ「意味」に関わることは辞書のどこに書いてあるかというと、［語源］［語義］［語誌］［原義］など、辞書によって呼び方は違いますが、項目の最初か最後に、その語の根本的な語義や語源について説明しているところがあるはずです。まず、そこにしっかり眼を通すようにしましょう。「をかし」という語で言えば、

「動詞「をく（招く）」から派生した語で、対象に興味関心を抱き手元に招き寄せたいという気持ちを表す。」

というような説明がしてあるはずです。これが形容詞「をかし」の根本的な「意味」だということになります（ことばの語義については専門家の間で見解が分かれていることも多く、辞書によって説明が異なることがあります。「をかし」についても、「滑稽だ」という意味を表す名詞「をこ」から出たことばだという異説があります）。

ことばの「意味」を訳語で憶えて、どの訳語がうまく当てはまるかをあれこれ考えるよりも、ことばの本質的なニュアンスをつかんでそれぞれの文脈でいわんとするところを感じとるほうが、実はずっと早道だし、汎用性のある学習の仕方なのです。

現代語に置きかえるにしても、古語辞典に書いてある訳語の中から最適解を選ぼうとする必要はありません。自分なりにぴったりくる訳語を考えてもかまわないのです。『枕草子』によく出てくる「いとをかし」の「をかし」なども、「趣がある」などと堅苦しく訳すよりも、「ステキ」「ぐっと来

るわ」「いい感じ」などと自由に訳したほうが、むしろ原文のニュアンスがよくわかるのではないでしょうか。

ところで、先の『岩波古語辞典』で「をかし」の訳し方を見ていくと、⑦として「笑うべきである。変わっている。変だ。」という訳が記されています。これが現代語の「おかしい」に引き継がれていく語のニュアンスです。でも、「をかし」はそう訳すことができるとすぐに思いこまず、そこに掲げられている本文の用例もしっかり見てください。⑦に用例として掲げられているのは『今昔物語集』の例が最古で、あとは基本的に中世以降の用例であることがわかります。意外に知らない人が多いのですが、辞書の用例は、その訳し方ができる例のうちのできるだけ古い用例を掲げてあるのが普通です。用例として中世のものしかあげられていないということは、中世以降に派生してきた使い方であることを示唆するわけなので、⑦の訳し方を『枕草子』や『源氏物語』の用例に当てはめることは警戒すべきです。

一口に「古語」といっても、ことばにはそれぞれの歴史があるということも知っておいていいことです。

ことばの「意味」を知るということは、現代語に置きかえることではない、ということがおわかりいただけたでしょうか。慣れないうちは、原文のままだと分かりにくいので、つい現代語に置きかえて理解しようとしがちです。でも、古文に馴染むためには、なるべく原文のままで理解しようとしたほうが早道です。わからないことばが出て来たら、古語辞典を引いてそのことばの持っている本来の意味、ことばのニュアンスや手触りを理解しようと努めるといいと思います。

その上で、そのくだりがどういうことを表現しようとしているかは、自分の頭で考え、心で感じとればいいのです。それが「正しい解釈」かどうかは、それほど気にする必要はありません。有名な作品の文章解釈はもう固まっているものと考えている人がいるかもしれませんが、専門家の間でもいまだに本文の解釈が分かれているというようなことは珍しくありません。決定版のような「正しい解釈」が常に存在するというわけではないのです。

「正しいかどうか」にあまりとらわれず、本文に書かれていることが自分の心に響いてくるように読むこと、まずは構えずに心を開いて、そこに書かれていることを感覚として受け入れる姿勢になること、そこが出発点です。何百年ものあいだ愛され、読みつがれてきた文章を読むのですから、そこには無数の人々の心をとらえた大きな魅力が秘められているはずです。ある旋律がどうして美しいと感じられるのか、音楽学的に分析してとらえることは可能かもしれませんが、私たちはそんな理屈をあれこれ考える前に、その旋律を耳にした瞬間に「ああ、美しいなあ」と感じるでしょう。そのようにして、多くの人々の心をとらえてきた文章の魅力に感応するセンサーが自分の中にも備わっていることを、まずは信じることにしましょう。

一　品詞について

さて、ここからはいよいよ古典学習の中心になる品詞の話です。

まず、品詞について、簡単におさらいをしておきましょう。文法アレルギーの人には退屈かもしれませんが、ここは避けて通れないので、ちょっとだけ我慢してください。手短かにすませます。

古文単語は、その性質の違いによって十種類の品詞に分類されています（品詞の分類については、文法学者によって違う説が提示されています。ここではいわゆる学校文法のもとになっている橋本進吉という国語学者の説に基づいて説明します）。

1名詞
2動詞
3形容詞
4形容動詞
5連体詞
6副詞
7接続詞
8感動詞
9助動詞
10助詞

このうち、1から8までは独立して一文節になれる語、つまり「自立心の強い語」なので、「自立語」と呼ばれ、9と10とは他の自立語にくっついてしか一文節つまり意味のかたまりになれないので、「付属語」と呼ばれています。

こうした細かい分類は、いまさら正確に憶える気にもならないかもしれないので、何となく意識しているだけで十分です。

名詞は、ものの名称や事柄を表す品詞で、基本的な性質は現代文と同じです。ただ、古文ですから、現代ではあまり使わないようなことばがたくさんあります。たとえば、「春はあけぼの」の「あけぼの」は、現代ではあまり使わないことば（名詞）ですが、「あけぼの」がいつごろの時刻の、どういう状況を表すことばなのかは、知っていたほうが楽しく読めます。

＊「あけぼの」は夜がまだ明け初める直前の、空が明るんでくるぐらいの時間を表します。

でも、みなさんはおそらく、難しいくだりやことばについては注が施されている注釈書で原文を読もうとしていると思います。活字のテキストにもいろいろあって、写本の本文が活字になっているだけで、注がほとんどついていないものもあります。注に頼らず、自分で解釈しようとすればそういう注の少ないテキストで読んだほうがいいのですが、それは勉強が進んでからの話です。久しぶりに古文に触れてみようという方は、最初はていねいに注が施されている注釈書を頼りに読むというはじめ方で問題はありません。注釈書では、重要な単語には注や説明がついているはずです。その注や説明を手がかりにして、その都度「ああ、そういう意味か」と理解すれば十分なので、本書では名詞についてはくわしい説明はしません。重要な単語だからといって、そっくり暗記しなくてもいいのが、試験のために勉強するのではないオトナの学びの特権です。

本書では、「自立語」では特に重要な「動詞」「形容詞」（「形容動詞」も少し）、それに「付属語」の「助動詞」（「助詞」も少し）にしぼって、重点的に説明することにします。

一部分だけを取り上げての説明では不安を覚えるかもしれませんが、いちおう作戦は立ててあります。

宮島達夫編『日本古典対照分類語彙表』（笠間書院刊）という便利な本があって、この本では、『万葉集』『竹取物語』『伊勢物語』『古今和歌集』『土左日記』『後撰和歌集』『かげろふ日記』『枕草子』『源氏物語』『紫式部日記』『更級日記』『大鏡』『方丈記』『徒然草』の十四作品の中の単語の用例、たとえば「あいなし」ということばがどの作品の中で何回使われているかが一覧できるようになっています。

そこで、これらの代表的な古典作品の中での使用頻度が高い単語、つまりよく目にする単語については、できるだけ本書の中で取り上げることにします。つまり、代表的な古典作品の中で繰り返し出てくる単語を中心に学ぶことで効率化を図ろうという作戦です。ただし、動詞「言ふ」や「行く」のように、現代語と用法がほとんど変わらず、今さら説明する必要がない単語は省きます。

全部の単語を説明することはできなくても、代表的な単語についてはここで学べるので、あとは同じ要領で知っていることばを増やしていきましょう。本文中に出てくることばを全部は知らなくても、知っていることばの合間にときどき知らないことばが出てくるという感じになる、それだけで、ずいぶん読みやすくなるはずです。

コラム　虫のいろいろ

チンチロリンと鳴く松虫、リーンリーンと鳴く鈴虫、鳴き声の美しい秋の代表的な虫として知られています。平安時代には名称が逆だった、つまりチンチロリンと鳴くのが鈴虫、リーンリーンと鳴くのが松虫と呼ばれていたとよく言われていますが、そういいきれるかどうか、はっきりわかりません。江戸時代後期、松浦藩の藩主だった静山公が書いた『甲子夜話』という随筆に、「都では、色が黒いのを松虫、色が赤いのを鈴虫という」とあるのを根拠に、伝統的には色の黒い今の鈴虫を松虫、色の茶色い今の松虫を鈴虫と言っていたとされていますが、これだけではっきりしません。昔の貴族たちは、虫の実態などはあまりよく知らず、ただ鳴き声と名前だけで覚えていたのかもしれません。

和歌の中では、鈴虫は「振る」「鳴る」などと関連して詠まれ、松虫は「待つ」と掛けて詠まれるのが一般的です。貴族たちには、実際の姿形よりも、そうしたことばのイメージのほうが大切だったのでしょう。

もっとも、実際に虫を手に取って愛玩していたという姫君の物語もあるにはあります。有名な『虫めづる姫君』です。主人公の姫君は、人間の男性にはまったく興味がなく、虫ばかりを相手に暮らしている変わり者なのですが、彼女が大好きなのはまず「烏毛虫《かはむし》」（毛虫のこと）、他にも「蟷螂《いぼじり》」（かまきりのこと）「蝸牛《かたつぶり》」などを集めていると書かれています。「蝸牛」が虫？ また姫君は、仕えている童にも虫の名前をつけていたとあり、その童たちにつけられた名前は「けらを」（おけら）、「ひきまろ」（ひきがえる）、「いなかたち」（不明。「かなへび」か）、「いなごまろ」（しょうりょうばった）、「あまびこ」（やすで）などであったと記されています。「ひきがえる」が虫？

平安時代の貴族たちは、どうやら小動物全般を「虫」ということばで言い表していたようです。『ファーブル昆虫記』に出てくるようなのを「虫」と呼んでいる現代の私たちとは、「虫」のイメージが違うのですね。

二　古典らしい動詞15

動作や行為を表す単語を「動詞」と言います。古文によく出てくる「動詞」でも、先に述べたように、「言ふ」「行く」など現代語と共通しているものが多く、新たに憶えておくべきことばはそれほど多くありません。しかし中には、いかにも古文らしいニュアンスを持ち、現代語に置きかえにくい「動詞」もあります。ここではそんな古文独特の味わいを持つ「動詞」を中心にとり上げていきます。

＊＊ あく（飽く）

現代語の「飽きる」にあたりますが、本来の意味は、

心が飽和状態になる。満ち足りる。

という意味です。必ずしも悪い意味ではなかったわけですが、「もう充分」という満足感は「以前に比べて興味を失う」という心理状態につながるので、

飽きる。興味を失う。

という意味が派生してきます。

[例文]

人は、なほ暁のありさまこそ、をかしうもあるべけれ。わりなくしぶしぶに起きがたげなるを、強《し》ひてそのかし、「明け過ぎぬ。あな見苦し」など言はれて、うち嘆くけしきも、げにあかず、物憂くもあらむかしと見ゆ。

（『枕草子』六一段）

男性は、やはりあかつきの別れの時の振る舞い方に趣があってほしいものだ。つらく気が進まなくて起きにくそうにしているのを、無理にうながし、「夜が明けてしまいます。ああ見苦しいこと」などと言われて、ぶつぶつ言っている様子も、本当に満ち足りず物憂い気持ちがすることだろうと思われる。

女性の許を訪れる男性のマナーについて述べた一節です。

平安時代の貴族の男性は、若い頃には自分の家に妻を迎えることはせず、女性の家に通うという形の結婚生活を営んでいました。女性の許を訪れた男性は、先にも述べたように、まだ外が暗いあかつき方に帰るのがマナーだったのですが、起き出すときには、「もう少し一緒にいたい」「別れたくない」という風情を見せてぐずぐずしているのが、女性から見ると好ましい態度だったようです。「さあ帰ろう」と、あまりにきっぱりとした態度で帰り支度を始められたりすると、興ざめな気分なのでしょう。例文は、女性のほうから「早くお帰りにならないと、夜が明けてしまいますよ」とうながされて、「やれやれ、行かなければならないのか」とつらそうにしている男の様子を、「げにあかず、物憂く」感じているのだろうと推測している場面なので、この「あかず」は、

名残惜しそうに。

とでも訳すことができます。

この例のように、平安時代の貴族たちは、心が完全には満たされていない状態での情緒や余韻を尊ぶ感覚を持っていました。そのため、「あく」（満足する）という肯定形よりは、「あかず」（まだ満足していない）という否定形で用いられることが多いようです。

［例文］

内裏《うち》より御使あり。三位《みつ》の位贈りたまふよし、勅使来て、その宣命読むなん、悲しきことなりける。女御とだに言はせずなりぬるがあかず口惜しう思さるれば、いま一階《ひときざみ》の位をだにと贈らせたまふなりけり。これにつけても、憎みたまふ人々多かり。（『源氏物語』桐壺巻）

朝廷からお使いが来る。亡き更衣に三位の位を追贈するよし、勅使が来て宣命を読みあげる

のも、悲しいことであった。女御とさえ呼ばせないままになってしまったことが、みかどは心残りで残念にお思いになるので、せめてもう一段上の位階をと、お贈りになるのであった。それにつけても、故人に嫉妬する人は多いのである。

桐壺更衣が亡くなり、その葬送が行われるという場面です。桐壺更衣は帝の寵愛するお后でしたが、父親がすでに没していたため、有力な貴族の姫君である他の后妃とのバランス上、最後まで女御の地位に引き上げてやることができませんでした。帝はそれを「あかず口惜しう」お思いになるので、せめて死後に女御相当の三位の位を追贈することで報いたという場面です。この「あかず」には、

いつまでも心残りで。

というような訳が当てられます。

＊＊ あふ（逢ふ）

二つのものが一つになるというのが原義で、「ぴったり合う」などという「合ふ」も、「偶然会う」などという「会ふ」も、もともとは同じことばですが、古文では、特に「逢ふ」という漢字を当てて「男女が契りを結ぶ」「結婚する」という意味で用いることがしばしばあります。

［例文］

「この世の人は、男は女にあふことをす。女は男にあふことをす。その後なむ門広くもなりはべる。」（『竹取物語』）

「この世の人は、男は女と結婚する。女は男と結婚する。そうして後、一門が発展するのです。」

竹取の翁がかぐや姫に結婚するよう促すことばです。ふつうの人間ではないからといって、いつまでも独身でいるわけにはいかないよ、と結婚を勧めているのですが、翁は「男は女にあふことをす」「女は男にあふことをす」と、ややくどい言い方をしています。どちらか一つだけでも、意図は伝わりますよね。これはかぐや姫がふつうの人間ではなく、人の世の仕組みを知らないので、翁が噛んで含めるように説明している口調なのだと考えると面白いでしょう。物語の中の会話文は、読者にとってはおもしろく解釈できる、腕の見せ所です。

［例文］

難波潟みじかき蘆《あし》のふしのまも逢はでこの世をすぐしてよとや　（『新古今集』恋　伊勢）

難波潟に生えている蘆の短い節と節との間のような、ほんの短い時間でも、あなたに逢わずに過ごしていろというのですか。

「難波潟みじかき蘆の」までは「ふしのま」を導くための序詞で、蘆の節と節との間が短いところから、ほんのつかの間の時間を強調する表現となっています。「ほんのちょっと、ほんのちょっとだけだからと、あなたはおっしゃるのですか？そのつかの間の逢えずにいる時間が、私にとってはどんなにつらいか、おわかりにならないの？」。そういう激しい感情を、女の側からぶつけるように詠みかけた歌です。

＊＊うす（失す）

現代語の「失せる」と大きな違いはなく、**なくなる。目の前から見えなくなる。**という意味です。古典の場合、「人が死ぬ」という意味でも用いられる点だけが要注意です。

［例文］

暗きに起きて、折櫃《をりびつ》など具させて、「これに、その白からむところ入れて持て来《こ》。きたなげならむところ、かき捨てて」など言ひやりたれば、いととく持たせたるものをひきさげて、

「はやく失せはべりにけり」と言ふに、いとあさましく、をかしう詠み出でて、人にも語り伝へさせむとうめき誦じつる歌も、あさましうかひなくなりぬ。（『枕草子』八三段）

まだ暗いうちに起きて、折櫃などを持たせて、「これにその雪の白いところを入れて持ってきなさい。汚なそうなところはかき捨ててね」と言って遣わしたところが、じきに持たせたものをぶら下げて戻ってきて、「すでになくなっていました」というので、なんともあきれて、すてきな歌を考えて（この雪につけて贈って）「人々の語りぐさになろう」と苦心して詠んだ歌も、残念にも無駄になってしまった。

大雪の日、中宮定子の局では大きな雪の山を作らせ、その雪がいつまで残っているかが話題になりました。清少納言ひとりだけ「ひと月以上は保つ」と大胆な主張をして、他の女房たちと賭けをすることになります。約束の日の前の日に、清少納言は雪の塊がまだ残っていることを確かめていたので、当日の朝早く、人をやって残りの雪をとってこさせ、自分が勝った証拠として中宮に見せようとしたところが、前日までは確かにあった雪がすっかりなくなっていました。従者からその報告を受けて、清少納言ががっかりするという場面です。

冒頭の部分の主語は、清少納言です。「言ひやりたれば」で清少納言から従者に主語が替わり、「と言ふに」で従者から清少納言に主語が戻ります。これは前やったことの復習ですね（第一章の七参照）。

「はやく失せはべりにけり」は雪を取りにやった従者の報告のことばですが、「すでになくなっていました」と訳しておきました。もう一歩踏みこめば、対象が雪なだけに、「失せはべりにけり」には「影も形もありませんでした」という拍子抜けしたようなニュアンスが感じられます。

[例文]

かくて、このおとど、筑紫におはしまして、延喜三年癸亥《みづのとゐ》二月二十五日にうせたまひしぞかし。御年五十九にて。（『大鏡』時平伝）

こうして、この大臣（菅原道真）は筑紫に配せられたまま、延喜三年（九〇三）癸亥二月二十五日にお亡くなりになったのでした。御年は五十九歳で。

菅原道真は宇多天皇の信任が厚く、学者の身でありながら右大臣という高位にまで昇りましたが、天皇が代わり、醍醐帝の治世となった延喜元年（九〇一）、突如失脚させられ、大宰権帥として配流同然の身の上となりました。道真はそのまま赦免されることなく大宰府で亡くなりますが、右はそれを述べたくだりです。この「うす」は、「亡くなる」「没する」という意味です。

道真は死後怨霊となり、様々な祟りをなしたことでもよく知られています。

コラム　「死ぬ」ということば

古文では、人が死ぬことを「うす《失す》」と表現します。現代ならこういう場合、一般的には「死ぬ」ということばを使うでしょう。しかし、古典、特に女性が書いた仮名の文章では、「死ぬ」ということばをあまり使いません。どうも、「死ぬ」ということばは響きがどぎつすぎて、避けたかったようです。人が「死ぬ」ことを表わすことばとして、「うす《失す》」の他にも「かくる《隠る》」「みまかる」等、様々なことばが用いられますが、いずれも遠回しな表現で、そういうところにも、「死ぬ」というストレートなことばはできるだけ使いたくない、という気持ちがくみ取れるようです。

和歌でも、恋の歌の中で「死ぬばかり恋ひしき人」（死にそうなほど恋いしい人）というように比喩的な表現として用いられることはありますが、「死ぬ」ということばそのものはあまり使われません。みやびな和歌のことばの世界とうまく調和しないからでしょう。

『竹取物語』の最後のところで、かぐや姫が昇天して去っていったことを悲しんで、帝が、

あふこともなみだにうかぶ我が身には死なぬ薬も何にかはせむ

という歌を詠みます。かぐや姫が自分のために置いていった不死の薬も、かぐや姫のいない世界では何の意味もない、という意味の歌ですが、これは中国の文献などに出てくる「不死薬」を扱った歌で、特殊な例と言えるでしょう。

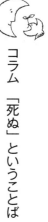

＊＊うつろふ（移ろふ）

「うつる（移る）」という動詞に「継続する」という感じを表す「ふ」という助動詞がついてできた語で、

時間が経つにつれて物事が次第に変化してゆく。

という意味あいを表すことばです。平安時代の貴族たちが信仰していた仏教思想によれば、物事はいつか必ず変わってゆく、いつまでも変わらないものなどない、と考えられていました。いわゆる無常観ですが、「うつろふ」はその仏教的無常観につながる感覚をになっていることばです。

〔例文〕

これ（＝藤壺）は、人の御際《きは》まさりて、思ひなしめでたく、人もえおとしめきこえたまはねば、うけばりてあかぬことなし。かれ（＝桐壺更衣）は、人のゆるしきこえざりしに、御心ざしあやにくなりしぞかし。思しまぎるとはなけれど、おのづから御心うつろひて、こよなう思し慰むやうなるも、あはれなるわざなりけり。（『源氏物語』桐壺巻）

この方は、人のご身分がまさっていて、その印象もあってご立派で、他の后も悪く言うことができないので、きがねなく何の不足もない様子である。亡くなった更衣の場合は、誰も容認しなかったのに帝寵があいにく深かったのである。みかどは、更衣への思いが紛れるというわけではないけれど、ひとりでに藤壺に気持ちが傾いて、たいそうお気持ちが慰むようであるのも、悲しい人情の常なのであった。

桐壺更衣の死後、いつまで経っても帝の悲しみは癒えず、ふさぎ込んでいました。帝の心を慰めるべく、周囲のものが画策して、亡き更衣と容貌が似ているという触れこみで、先帝の内親王である藤壺宮が入内してきます。亡き更衣は身分が高くないため、帝の寵愛に対する風当たりがきつかったのですが、更衣の死後、新たに入内してきた藤壺は、内親王という高い身分なので、第一の后として重んじられても誰も文句は言えません。帝は更衣を寵愛しつつも、そのことが蔭で批判されていることは気づいており、それがストレスになっていたでしょう（政治的なバランスを無視して、一人の后妃を寵愛することは、天皇の失政とされます）。さらにはその愛する更衣をも失い、帝の心の傷はいよいよ深くなっていました。その帝の傍らに藤壺が入内してきた今、誰にも後ろ指を指されずに水入らずの時を過ごせる安らぎは、かけがえのないものだったことでしょう。更衣を失った悲しみを忘れられるわけではないけれど、藤壺を大切に思う気持ちのほうへ次第に傾いていく、それが「おのづから御心うつろひて」です。この「うつろふ」は、

次第に気持ちが移っていき。

という意味あいです。文末の「あはれなるわざなりけり」ということばには、あれほど亡き更衣を愛していたのに、更衣がいなくなった今、寵愛の対象が藤壺に移っていったのは、薄情なようだけれど、それが人の心の自然な有様なのだろう、という語り手の諦念がにじんでいます。平安貴族たちに共有されていた「人の心は変わるものだ」という考えは、仏教的無常観という観念を超えて、彼らの人間観をつかさどる強固な信憑となっていたようです。恋の和歌の中で「心変わり」が繰り返し詠まれてきたことも、そうした人間観が常識化していたことを意味するのでしょう。「うつろふ」は悲しいことばです。

〔例文〕

日暮れかかるほどに、けしきばかりうちしぐれて、空のけしきさへ見知り顔なるに、さるいみじき姿に、菊の色々うつろひえならぬをかざして、今日はまたなき手を尽くしたる入り綾のほど、そぞろ寒くこの世のこととおぼえず。もの見知るまじき下人などの、木のもと岩がくれ、山の木の葉に埋もれたるさへ、すこしものの心知るは涙落としけり。

(『源氏物語』紅葉賀巻)

日が暮れかかる頃に、ほんのわずか時雨がぱらついて、空の景色さえ感じ入っているようであるのに、源氏の君がこのようなすばらしい姿で、菊の花が色が変わって何ともいえないのをかざして、今日はまたとないほどの妙技を尽くした、その舞い納めのところの風情などは、ぞくぞくするほどこの世のものとも思われないほどの美しさである。舞いの良さなどはわかりそうもない下人などで、木の下の岩に隠れ、また山の木の葉に埋もれるようにして拝見している者どもさえ、少しものの風情をわきまえている者は、感動して涙を落とすのだった。

上皇御所への行幸の折、光源氏と頭中将とが青海波の舞を見事に舞ってみせるという有名な場面です。

平安時代、菊はさかりの美しさを賞美するだけでなく、盛りを過ぎてやや色褪せた感じになったものや、霜枯れた風情になったものも、別種の趣のあるものとして賞美する習わしでした。その色合いの変わった菊の何とも言えず美しい枝を、紅葉の代わりにかざしに差して舞い修める源氏の君の舞い姿は、ぞっと鳥肌が立つほど美しかった、というのです。傍線部は、

菊が様々な色合いに変化して、何とも言えず美しい。

という意味あいです。「えならぬ」は、「～することができない」という不可能の意味を表す「え～打消」を用いた慣用表現で、「何とも言い表しようがない」という意味です。

このように、「うつろふ」は花や木の葉が色褪せたりしおれたりすることを言う場合もしばしば見

られます。そういう「うつろふ」は、端的に、

色褪せる。しおれる。

と訳してもかまいません。菊の花のように、盛りをすぎた状態をも賞美する習わしのある草花の場合、「うつろふ」は必ずしも現代で言う「草花がしおれる」という悪い意味ではなく、それなりに風情のあるものとして受け止められていました。その美意識の背後には、「季節は移ろうもの」「永遠に変わらぬものは何もない。それは避けられないことだ」という悟りにも似た感覚が秘められているはずです。このように、一つ一つのことばのニュアンスには、そのことばを用いていた時代の感性や美意識がこめられているのです。単純に現代語におきかえるだけではなく、一つ一つのことばに秘められている、その時代の人々の感性を感じとることが、ことばの意味を探ることの大きな楽しみでもあります。

＊＊ おこなふ（行ふ）

現代語の「行う」と同じで、広くは「なにかをする」という意味ですが、古典では特に、

仏道の修行をする。仏前で経を唱える。

という意味で使うことが一般的です。

［例文］

宮の御ありさまのいとあはれなるをねむごろにとぶらひきこえたまひ、たびたび参りつつ、思ひしやうに、優婆塞《うばそく》ながら行ふ山の深き心、法文など、わざとさかしげにはあらで、いとよくのたまひ知らす。
（『源氏物語』橋姫巻）

宮のご様子がとても心に響くようであるのを懇切にお見舞いなさり、たびたび参上しているうちに、（薫が）望んでいたように、優婆塞ではあるがお勤めをしている深い意義や、法文の意味など、ことさら偉そうにするのではなく親切にご説明申し上げる。

『源氏物語』のいわゆる「宇治十帖」の冒頭、橋姫巻。この巻ではじめて、宇治の八の宮と呼ばれる人物が登場します。信仰の世界に心惹かれている青年薫は、宇治の八の宮がその道に造詣が深いと聞いて、教えを請うべく、宇治へ通うようになります。「優婆塞」は在俗のまま出家者と同じ生活を送る人のことで、ここでは八の宮のこと。八の宮は正式に出家しているわけではないけれど、修行に明け暮れる日々を送っており、それがここでの「行ふ」の意味です。「山の」は「深き心」の「深き」を導くために頭に置かれている修辞ですが（和歌における序詞のようなもの）、八の宮の住む山深い宇治の地と響きあっています。

＊＊　おどろく

ぼんやりしていたり、意識がよそへ向いている時に、覚醒させられて急に我に返る、という気持ちを表すことばで、

はっとする。

というのが原義です。現代語の「驚く」にあたる意味もそこに含まれますが、平安時代には、**うとうとしていて、（何かのきっかけで）はっと目を醒ます。**

という使い方も多いので、現代語の「驚く」とイコールではありません。

〔例文〕

秋来ぬと目にはさやかに見えねども風の音にぞおどろかれぬる　（『古今集』秋上　藤原敏行）

秋が来たと、眼にはっきりと見えるわけではないが、風の音に秋の気配を察してはっとさせられることだ。

秋の訪れを詠んだ歌です。この「おどろく」は、そのまま「驚く」と訳してもいいのですが、昨日

まで夏だと思っていたのに、ふと吹いてくる風の中に秋の気配を感じ、もう秋なのだなあと、季節の移り変わりを感覚として感じるというニュアンスです。「おどろかれ」の「れ」は、「自ずとそう感じられる」という気持ちを表す「自発」の助動詞です。それまで気がつかなかったが、ふとした風の気配に、「ああ、もう秋なのだなあ」と、季節の移ろいが感じられる、そのしみじみとした感覚が、この歌の生命です。たった一語ですが、「れ」の表しているニュアンスはとても重要です。

[例文]

人の臥したるに、物隔てて聞くに、夜中ばかりなどうちおどろきて聞けば、起きたるななりと聞こえて、言ふことは聞こえず、男もしのびやかにうち笑ひたるこそ、何ごとならむとゆかしけれ。

（『枕草子』一九〇段）

人が寝ているのを、物を隔てて聞いていることがある、夜中などにふと眼を醒まして聞くと、起きているような気配で、話すことばまでは聞こえない、男のほうも声をひそめて笑っているのも、何ごとだろうと興味をそそられる。

これはおそらく清少納言が実際に経験した宮中での生活の一コマです。女房たちは局を接して寝ているのですが、局は個室ではなく、屏風や几帳などの障屏具で仕切られただけの空間でした。そのため、一応視覚は遮られていますが、お互いの気配などはよく伝わってきます。「うちおどろきて」は**ふと目を醒ます**。

という意味です（「うち」は接頭語）。ある夜、ふと目覚めると、隣の局には男が訪ねてきている気配がする。周囲を憚って声をひそめて語り合っているものの、そうなるとよけいに会話の内容が気になるのが人間の心理です。プライヴァシーも何もあったものではありませんが、そういう気兼ねしつつもその中で男女の交流があるような宮中での生活に、ある種の趣を感じるのが、『枕草子』の作者の美意識なのです。

「ゆかしけれ」の「ゆかし」は「興味をそそられる」という意味の形容詞です（166ページ参照）。

＊＊とぶらふ

相手に対する配慮を表す行為を意味することばで、

挨拶する・慰める・見舞う。

などの多様な意味あいを表します。

[例文]

八月ばかりに、白き単衣《ひとへ》、なよらかなるに、袴《はかま》よきほどにて、紫苑《しをん》の衣のいとあてやかなるをひきかけて、胸をいみじう病めば、友だちの女房など、数々来つつとぶらひ、外の方にも、わかやかなる君達あまた来て、「いといとほしきわざかな。例もかうやなやみたまふ」など、事なしびに言ふもあり。

（『枕草子』一八一段）

八月頃に、白い単衣のしなやかなのに、袴はよい具合のをまとい、紫苑の衣のとても上品なのをひきかけて、胸をひどく病んでいるところへ、友だちの女房などがおおぜい来ては見舞い、部屋の外の方でも、若々しい君達がたくさん来て、「とても気の毒なことです。いつもこんなにお苦しみになるのですか?」などと、平然として言う人もある。

「胸を病む」は、ここでは肺結核ではなく、喘息か気管支炎かで胸が苦しくなる状態のこと。それで寝込んでいると、同僚の女房などが次々に来ては「具合はどう?」などと声をかけてくれる、それが「とぶらふ」です。ただ訪問するというだけではなく、「心をこめて相手と向き合う」というニュアンスがあり、そこから多様な訳し方が生まれます。現代語で「死者をとむらう」などといいますが、その「とむらう」とは意味が異なります。

＊＊ ながむ

「外を眺める」などという時の「眺める」の古い形で、
遠くへ視線をやる。
というのが原義ですが、平安時代の用例では、そういう行為をするときの心理状態を表すことが多く、**もの思いに沈みながら何かを見やる。ぼんやりと放心してしまう。**
という気持ちを表します。「視線をやる」という行為よりも、そのもとになった心理状態に重きが置かれているのです。

［例文］

ひとりのみながむるよりは女郎花《をみなへし》わがすむ屋戸《やと》に植ゑて見ましを（『古今集』秋上　壬生忠岑）

女郎花の花を一人でよそながら眺めているよりは、自分の家の庭に植えてゆっくり見てみたいものだ。

これなどは、現代語の「眺める」とだいたい同じ意味でとっていいのではないかという気がしますね。

ところが、この女郎花は女性の比喩なので、そうなると、この「ながむる」には手の届かぬ相手に対する嘆きの気持ちが込められていることがわかってきます。「嘆きつつ遠くから指をくわえて眺めているよりも、いつか自分の家に連れてきてともに暮らしたいものだ」という意味の歌です。

【例文】

女は、さこそ忘れたまふをうれしきに思ひなせど、あやしく夢のやうなることを、心に離るるをりなきころにて、心とけたる寝《い》だに寝られずなむ、昼はながめ、夜は寝覚めがちなれば、春ならぬ木のめもいとなく嘆かしきに、

(『源氏物語』空蝉巻)

空蝉は、そんなふうに源氏の君が忘れていらっしゃるのをうれしいと思おうとするけれど、不思議な夢のようだった逢瀬のことが心を離れる折もないこのごろで、安らかに眠ることもできず、昼はぼんやりともの思いに沈み、夜は寝覚めがちなので、春でもないのに木の芽(眼)の休まる折もなく嘆き明かしているのだが、

伊予介という年老いた受領の後妻になっている空蝉。自分の人生をそのように定まったものとあきらめていた空蝉は、たまたま滞在していた紀伊守邸で、方違えに訪れた光源氏と契りを結んでしまいます。空蝉は一夜だけの過ちとして忘れようとしますが、優しかった源氏の面影を振り切ることがで

きない。もともと空蝉は、身分のある家の姫君で、老受領の後妻におさまるような身分の女ではありませんでした。そういうこともあって、空蝉は、本来の身分であれば対等につきあうこともできたかもしれない源氏のことを忘れかねています。「世が世ならば、源氏の君の妻になることもできたのではないか」という思いが、忘れられない一夜の記憶とともに彼女の心の奥深くでうずいています。そんな空蝉の煩悶を表しているのが、「昼はながめ」で、この「ながめ」は、

ぼんやりともの思いに沈み。

と訳すのが適切で、何かを「眺める」という意味あいはあまりありません。そのことばかりを思いつめて、何も手につかないような心の状態を言います。それと対句のようになっているのが「夜は寝覚めがちなれば」です。「寝覚め」は「もの思いのために安らかに眠ることができない」ということで、これも恋の悩みに関係する古文独特のことばです。

＊＊にほふ

「丹《に》」（明るい赤色）が明るさを周囲に発散する、というのが原義で、

照り輝くように美しい。

という意味を表します。本来は、視覚的な印象を表すことばでした。そこから、

周囲に発散するようにかぐわしい。

という嗅覚的な意味が派生し、現在では、「匂う」は、視覚的な意味よりはもっぱら嗅覚を表すことばとして用いられています。

［例文］

いにしへの奈良の都の八重桜今日ここのへににほひぬるかな　（『詞花集』春　伊勢大輔）

いにしえの奈良の都の八重桜が、今日この宮中で美しく咲きほこっていることです。

奈良の八重桜が献上された折、これにちなんで歌を詠めといわれて詠んだ歌です。詠者、伊勢大輔は、中宮彰子に仕える女房、つまり紫式部の同僚だった人です。「ここのへ（九重）」というのは宮中のことで、八重桜に掛けたことばです。さらには、「奈良」に「な（七）」を響かせて、「なら（七）」「やへ（八）」「ここのへ（九）」ということば遊びになっていて、明るい雰囲気の中で朝廷の繁栄を賛美する気持ちを表した歌となっています。

八重桜には香りはないので、「にほひぬるかな」は咲き誇っている桜の視覚的な美しさを言い表した表現です。

美しく咲き誇っている。

というような訳語を当てることになります。

［例文］

いとつめたきころなれば、さし出でさせ給へる御手のはつかに見ゆるが、いみじうにほひたる薄紅梅なるは、かぎりなくめでたしと、見知らぬ里人心地には、「かかる人こそは世におはしましけれ」と、おどろかるるまでぞまもりまゐらする。（『枕草子』一七七段）

とても冷めたい時期なので、さし出しなさっている御手が袖口からわずかに見えているのがたいそう輝くように薄紅梅色であるのがたとえようもないほどすばらしいと、見慣れない里人の気持ちでは、「このような人が世の中にはいらっしゃるのだ」と、目を見開くような思いで拝見している。

清少納言が宮仕えに出て、はじめて主となる中宮定子に接した折の印象を綴った文章です。才気煥発な清少納言も、この時はさすがに、はじめての宮中に緊張して縮こまっていました。中宮定子はそんな新参者に配慮して、「一緒に絵を見ましょう」などと言って、早くうち解けるように気を配ってくれたのです。この一段には、定子の優しい人柄が表れています。

絵を指し示す定子の手が、袖口からわずかに出ている、その手が、「いみじうにほひたる薄紅梅」

のようだというのですが、この「にほひ」も視覚的な印象なので、

美しく、つやつやとしている。

というように訳せます。もともと肌がきめ細かく美しい上に、寒い季節なので、薄紅梅のようにほんのりと赤みを帯びている、そのきゃしゃな手の美しさに、新参者の清少納言は、「こんなに高貴で美しい方が、世の中には存在するのか」と驚嘆しつつ見とれてしまっているのです。

この第一印象からして、清少納言の心の中には定子に対する崇拝に近い気持ちがしっかりと根付くことになりました。清少納言の定子への崇拝に近い感情は、『枕草子』の随所に生き生きと書き込まれています。かくて、様々なつらい出来事がありながらも、清少納言は定子が出産がもとで二十五歳の若さで崩御するまで身近に仕え続けたのです。（「まもる」は107ページ参照）

＊＊ ねんず（念ず）

「念」という字音語から生まれた動詞で、「念力」などということばがあるように、

心の中で強く思う。何かに意識を集中させる。

という意味になります。またそこから派生してくる意味として、

仏に思いを伝える。念仏を唱える。

という意味にもなります。

［例文］

稲荷に思ひおこして詣《まう》でたるに、中の御社《やしろ》のほどの、わりなう苦しきを念じのぼるに、いささか苦しげもなく、遅れて来《く》と見る者どもの、ただ行きに先に立ちて詣づる、いとめでたし。

（『枕草子』一五二段）

（伏見）稲荷に思い立って参詣したときに、中の御社のあたりを、たいそう苦しいのをこらえつつ登っていくと、少しも苦しそうな様子もなく、後から来ると見える者どもがどんどん追い抜いて先に立って参詣するのは、とてもすばらしい。

伏見稲荷への参詣路は上り坂なので、あまり外出しない貴族の女性にはつらい道のりです。それでもせっかくきたものを、途中で引き返すわけにも行かないので、息も絶え絶えになりながら我慢して登っていく、というのです。後からきたものがどんどん追い抜いていくのを「いとめでたし」と言っているのは、負け惜しみではなく、身分の低い庶民の持つエネルギーに感嘆しているのでしょう（「いとうらやまし」となっている写本もあります）。

伏見稲荷は全国に散らばっている稲荷社（おいなりさん）の総元締めで、平安時代から貴族や庶民の信仰を集めてきました。『枕草子』の記述は、その賑わいぶりを今日に伝えています。

［例文］

殿のうちそへて、仏念じきこえたまふほどの頼もしく、さりともとは思ひながら、いみじうかなしきに、みな人涙をえおしいれず、「ゆゆしう」「かうな」など、かたみにいひながらぞ、えせきあへざりける。

（『紫式部日記』）

道長様も加わって、仏に一心にお祈り申し上げている様子は頼もしく、「まさかそんなことは」とは思いながら、たいそう悲しいので、その場にいる皆は涙を抑えることができない。「縁起でもない」「おやめなさい」などと、お互いに言い合いながら、やはり涙を抑えることができないのだった。

『紫式部日記』は、中宮彰子に仕えていた紫式部による、中宮の出産という出来事を中心にした記録です。これは出産が間近に迫り、大勢の僧侶たちが無事安産のために祈祷を行っているという場面。中宮の父、道長も一緒になって、懸命に祈りを捧げています。

まだ医学の発達していなかった平安時代、女性の出産は命がけの難事でした。お産がもとで亡くなるということも珍しくはなかったのです。彰子のはじめてのお産、それも身ごもっているのは天皇の御子なのですから、無事の出産を願う周囲の人々も必死です。といってもできることと言えば神仏に祈ることしかないわけなので、あまたの高僧が集められ、父親の道長までも一緒になって懸命の祈祷が続けられます。この「念ず」は、

念仏を唱える。仏に祈願する。

と訳せますが、「全身全霊を籠めて祈る」という思いの強さを感じとるべきでしょう。この時の御産で生まれた皇子は、後に即位して天皇（後一条天皇）になりますが、もちろんこの時にはまだ誰もそれを知りません。

＊＊　ののしる

現代語の「ののしる」は「悪口を言う・罵倒する」という意味で使われますが、これは後に派生してきた使い方で、古文では通常、

大声を上げる。大きな音を立てる。大騒ぎをする。

という意味で用いられます。

［例文］

思ひ出でぬことなく、思ひ恋しきがうちに、この家にて生まれし女子《をむなご》の、もろともに帰らねば、いかがは悲しき。船人もみな、子たかりてののしる。（『土佐日記』）

思い出さないこととてなく、恋しいことばかりである中でも、この家で生まれた女の子が一緒に帰ってこられないのが、どんなに悲しいことか。同じ船で帰ってきた人も、みな子どもが大勢いて大騒ぎをしているのに。

『土佐日記』の末尾、都へ帰り着いての感慨を述べた部分です。任国での日々を終えて、無事に都の自邸に帰ってきたという安堵の気持ち、その反面、このくだりの書き手は土佐国で幼い女児を亡くしており、子どもと一緒に帰ってくることができなかった悲しみが胸に迫ります。同じ船で帰ってきた人々の中には、子どもとともに帰ってくることができた人も大勢いるのに、自分は……、という対比。「ののしる」は、小さい子どもが親の周りでわいわい言ってはしゃいでいる様を言います。他の人々が家族で帰京を喜んでいるのを見るにつけても、書き手の悲しみは募るのです。

［例文］

「この世にののしりたまふ光る源氏、かかるついでに見たてまつりたまはんや。世を棄てたる法師の心地にも、いみじう世の愁へ忘れ、齢《よはひ》のぶる人の御ありさまなり。いで御消息聞こえん」とて立つ音すれば、帰りたまひぬ。

（『源氏物語』若紫巻）

「この世間で大評判になっている光源氏を、このような機会に御覧になりませんか。私のような世を捨てた法師の心にも、たいそう世の中の憂えを忘れ、寿命が延びるようなあの方のすばらしいご様子ですよ。さて、ご挨拶を申し上げてきましょう」といって立つ気配がするので、（源氏は）もとの僧坊へお帰りになった。

北山に滞在している尼君のところへ僧都がやってきて、源氏の君の一行が来ていることを報告する場面です。「この世にののしりたまふ光る源氏」の「ののしる」は、「**世間で名声の高い**」「**名がとどろいている**」。

という意味です。高貴で稀代の美男子、なにをしても世間で評判になるお方、というニュアンスが、そこに籠められています。源氏の君は、修行に明け暮れている僧都でも、「ぜひお目にかかってみたい」と切望するような貴族社会のスターなのです。

コラム「光源氏」という呼称

先にあげた例文の中で僧都が口にする「光る源氏」という呼び名は、『源氏物語』の主人公の呼び名としてあまりにも有名ですが、実は本文中ではあまり使われていません。二帖目の帚木巻の冒頭、即ち先の例文にあげた箇所に、「光源氏といって、呼び名ばかりは大仰ですが」という語り手のことばとして表れて以降は、この若紫巻の僧都のことばと、久々に帰京して六条院入りした玉鬘の女房たちが、「昔、光源氏と評判されていた美貌を噂には聞いていたが、こんなに美しい方だとは知らなかった」と驚嘆するくだりがあるだけで、あとは源氏の没後に、「昔、光源氏と呼ばれたあの方」という回想の形で二回出てくるだけです。つまりは、社会的なネットワークの中で、もしくは後世の回想の中で出てくる、くだけた、俗称的な呼び名なのです。語り手が地の文の中で「この光源氏は」と言ったり、作中人物が「光源氏様、あなたは」と呼びかけたりというような、一般的な呼称としては一度も使われていません。

『源氏物語』の主人公は、「源」という姓を賜って臣下に下っているので、「源氏の君」と呼ばれることはおかしくありません。「光」というのは「光り輝くように美しい」という意味なので、「光る君」と呼ばれている箇所もあります（大河ドラマのタイトルにもなっていますね）。でも、「光り輝くような」という意味の「光」を接頭語的に用いて「光源氏」と呼ぶ呼び名は、よくよく見るとずいぶん変な呼称です。

『源氏物語』の作中人物は、場面によっていろいろな呼称で呼ばれますが、主人公の源氏のような男性貴族は、公的には「中将の君」のように官職名で呼ばれるのがふつうで、もっとくだけた呼び方だと、「かの君」「男君」などと呼ばれることもあります。どういう呼び方で呼ばれるかが、その場面における人物のイメージと関わってくるわけですが、それでは「光源氏」という呼称はどんなイメージをもった呼び方なのでしょうか。この呼称にこめられた本当の意味あいは、実はまだ明らかにされてはいないのです。

＊＊ まどふ（惑ふ）

「とまどう」（「と・まどう」の複合語で、「と」は「ところ」の意か）という現代語があります。それから類推できるように、「まどふ」は「迷う・あわてる」ということですが、古語の場合、もっとニュアンスが強く、

気が動転する。どうしていいかわからなくて混乱する。

という心理的惑乱を表しています。

[例文]

左中将、まだ伊勢守と聞えし時、里におはしたりしに、端《はし》の方なりし畳《たたみ》さし出でしものは、この草子載《の》りて出でにけり。まどひ取り入れしかど、やがて持ておはして、いと久しくありてぞ返りたりし。それよりありきそめたるなめり……。

（『枕草子』跋文）

左中将（源経房）が、まだ伊勢守と申し上げていたとき、私の里にいらっしゃった際に、端の方にあった畳を差し出したところが、この草子が載ったままで差し出してしまった。大あわてで引き戻したが、そのまま持っていらっしゃって、ずいぶん時が経ってから返ってきた。その時以来、この文章が流通するようになったようだ……。

清少納言が、男性の官人などに見せるつもりはなく書きつづっていた草稿が流出して広まってしまった経緯を述べている文章です。左中将が清少納言の里邸を訪問した折、御簾の下から畳（薄い敷物。今の座布団に当たる）を差し出したところ、書きかけの草子が上に載ったまま向こうへ渡ってしまった。急いで引っ込めようとしたけれど、向こうは気づいてそのままその草子を持っていってしまった、という文脈。「まどひ入れしかど」は、

大あわてで引っ込めたけれど、

とでも訳せるところです。「あ、いけない」というぐらいの軽い気持ちではなく、「内々のことを書い

た草子が男性方の目に触れたら大変」と、気も動転している感じが伝わってきます。それぐらい、自分はこの草子の内容が広まることを警戒していたと言いたいのでしょう。それにしては、畳の上に大事な草子が載っているのに気づかないでうっかり差し出したなどありそうもないことですが。ずいぶん時間が経ってから返ってきたと書いているのは、その間に草子の内容が書き写されて次々に人の手に渡るきっかけになったということを示唆しています。もしかすると、清少納言はむしろそのことを期待していたのかもしれません。

[例文]

昔、男、うひかうぶりして、平城《なら》の京、春日の里にしるよしして、狩に往にけり。その里に、いとなまめいたる女はらから住みけり。この男、かいまみてけり。思ほえず、ふる里にいとはしたなくてありければ、心地まどひにけり。男の着たりける狩衣《かりぎぬ》の裾《すそ》を切りて、歌を書きてやる。その男、しのぶずりの狩衣をなむ着たりける。

春日野の若紫のすり衣《ごろも》しのぶのみだれかぎり知られず（後略）

（『伊勢物語』）

昔、男が元服をして、奈良の京春日の里に所領があって狩りに出かけていった。その里に、とても若々しい姉妹が住んでいた。この男は、それを垣間見てしまった。思いがけず、古都にとても不釣り合いな様子でいたので、気持ちが動転してしまった。男はその時着ていた狩衣の裾を切って、歌を書いて贈った。その時男は、しのぶずりの狩衣を着ていたのであった。

春日野の若紫のすり衣のような美しいあなたを見て、この上もなく心が乱れてしまいました。

『伊勢物語』の初段、男は美しい姉妹（「女はらから」は同母の姉妹の意味。単数説と複数説があります）を偶然垣間見て、一目で恋に落ちたという話。いろいろと難しい問題を含んだ章段で、細かい解釈は省略しますが、ここでは「心地まどひにけり」の語感に注意しましょう。「まどひ」はただ恋に落ちたとか心を動かされたとかいう普通の心情ではなく、その人をひと目見たとたん、気が動転して何がなんだかわからなくなってしまったという感じです。廃都となった奈良春日の里で、そのようなところで見かけようとは思いがけない美しい姉妹が突然目に入り、男は深い衝撃を受けたのです。一目見ただけの女に（しかも姉妹という説に従えば、相手は一人ではなく二人です）、なぜ男はかくも動転したのか、いろいろなことを想像させる不思議な章段です。（「はしたなし」は142ページを参照）

＊＊ まもる

「ま」（「見ること」の意）＋「もる」（守る）（見張りをする）、という二つのことばが合わさってできた複合語で、**じっと見守る。目で追い続ける。**

という意味を表します。現代語の「まもる」(守る)とはやや意味が違うので要注意です。

[例文]

人のかたちは、をかしうこそあれ。にくげなる調度の中にも、一つよき所のまもらるるよ。みにくきもさこそはあらめと思ふこそわびしけれ。

(『枕草子』二五三段)

人の顔立ちは、おもしろいものだ。趣味の悪い調度の中にも、一つでもよいところがあると、自然に目がとまるものだ。醜い顔立ちの場合もそういうものだろうと思うと、やりきれない気持ちがする。

人の顔立ちの善し悪しを、調度と比較して述べた文章です。

傍線部は、「にくげなる調度」(あまりセンスのよくない調度)でも、その中に少しでも魅力的なところがあると、思わず目を奪われてしまう、という意味(「まもらるる」の「るる」は自発)。醜いところもきっと同じことだろう、と続きます。ということは、醜い顔立ちでも、その中に少しでも良いところがあると、人はそこに目を留めるものだ、ということでしょう。

人というものは、無意識の裡に自分の判断基準を持っていて、それに照らしてとりわけよいところ、悪いところにどうしても目が行ってしまう。それはどうしようもないことなのだ、と清少納言は考えています。それが「わびしけれ」という感想で結ばれるのが興味深いところです。顔立ちなどは生まれついてのもので、どうしようもないものなのですが、そういうことについても、お互いに良し悪しの印象を持つことは避けられない、それが特に女性として割り切れない気持ちになるからでしょう。

（「わびし」は130ページを参照）

＊＊ものす

「机」とか「椅子」とか具体的に物の名を言わないで、もっと抽象的に事物全体を指して「もの」と言うことがありますが、その「もの」に「す」がついてできたことばです。「言ふ」とか「行く」とか動作を具体的に言わずに「なにする」「あれする」というように漠然と表す言い方にあたる、一種の婉曲表現です。このことばが出てきたら、具体的にどうすることを表しているのかを文脈から判断することにしましょう。

［例文］

故院、ただおはしましさまながら立ちたまひて、「などかくあやしき所にはものするぞ」とて、御手を取りて引き立てたまふ。

（『源氏物語』明石巻）

故院（桐壺院）が、生きていらっしゃったときそのままのご様子でお立ちになり、「どうしてこのような見苦しいところにいるのだ。」と言って、源氏の君の手をとってお導きになる。

源氏の君は、須磨で暴風雨に遭い、一晩中恐れおののいたあげく、疲労のあまり一時まどろんだところ、亡くなった父、桐壺院が夢枕に立って、その地を去るように促す場面です。「ものする」は「ものす」の連体形で、「(その場所に) いる」「身を置いている」の意味。これは亡き桐壺院が息子の源氏に対して言ったことばですが、「ものし給ふ」というように敬語が使われていません。話しているのが父の桐壺院でも、相手が皇子の源氏なら敬語を使うのがふつうです。なのに、ここには敬語がない。これは桐壺院のどのような口調を表しているのか、そんなことを考えると、「原文の解釈」が「物語の読解」へと一歩深められることになります。原文で解釈するということは、ただ意味を理解するということに留まらず、物語の深い読みとりにつながることになる。そこに楽しさがあります。

（「あやし」は160ページを参照）

［例文］

なほもあらぬことありて、春夏なやみ暮らして、八月つごもりに、とかうものしつ。

（『かげろふの日記』）

やがて普通ではない状態になって、春夏と苦しみつつ過ごして、八月末になんとかやり終えた。

とても婉曲な言い方をしているので、前後の文脈をよく読まないと、何が書いてあるのかさっぱりわかりません。「あらぬこと」というのは、「普通の状態ではないこと」という意味で、ここでは夫の兼家の子を身ごもったことを指しています。「春夏なやみ暮らして」は、つわりなどで苦しい思いをしたということで、「ものしつ」は「子供を産んだ」ということ。

出産というような大事件をどうしてこんなに婉曲に表現しなければならないのか、現代人には理解できないところですが、当時出産は一種のケガレと考えられており、ストレートに表現することが憚られることだったのです。一般に性に関することは触れられないか、極めて婉曲に表現されるのが常で、女性の生理などもごくまれに遠回しに表現されるだけです。なんでも具体的に描写することに価値を見出している現代とは感覚が違うのですね。

＊＊やる

現代語でも「向こうへやる」などといいますが、基本的にはそれと同じで、**物や人を遠くへ移動させる。**

という意味です。古典独特の用法としては、「心をやる」というような使い方があり、これは、**心の中にわだかまっているものを、放出する。気持ちをすっきりさせる。**

という意味です。この用法はしばしば出てくるので、憶えておくと便利です。

［例文］

すさまじきもの。……よろしう詠みたると思ふ歌を、人のもとにやりたるに、返しせぬ。
（『枕草子』二三段）

興ざめするもの。……まあまあのできばえだと思う歌を、人のもとへ贈ったのに、返しをしないの。

「すさまじきもの」（興ざめするもの・がっかりさせられるもの）を列挙する中に出てくる一つです。

歌を詠むのは難しいもの、自分でも「まあまあかな」と思える自信作ができた時には、その歌を贈られた相手がどんな歌を返してくるか、わくわくしながら待っているものです。それなのに、返事が来ないというのは、本当にがっかりさせられることです。現代なら、心をこめた大事なメールに返信がない、というような感じでしょうか。

「手紙をやる」という言い方は、現代でもしますが、この時代の歌や消息（手紙）を「やる」という表現の中には、ただものを移動させるというだけではない、相手に思いを馳せ、自分の思いを届けるという気持ちが籠められています。

［例文］

網代《あじろ》のけはひ近く、耳かしがましき川のわたりにて、静かなる思ひにかなはぬ方もあれど、いかがはせん。花紅葉、水の流れにも、心をやるたよりに寄せて、いとどしくながめたまふより外のことなし。かく絶え籠りぬる野山の末にも、昔の人ものしたまはましかばと思ひきこえたまはぬをりなかりけり。

（『源氏物語』橋姫巻）

網代の響きも近く、耳に騒がしいほどの川のほとりで、静かに暮らしたいという思いにそぐわないところもあるが、どうするすべもない。花や紅葉、水の流れをも心を慰めるよすがとしつつ、しみじみともの思いに沈むよりほかにすることもない。このように野山の奥に引きこもってしまったのにつけても、今は亡き北の方がいらっしゃったらなと思わぬ折はないのだった。

宇治の八の宮と呼ばれる人は、桐壺院の皇子で、かつては即位して天皇になる可能性もあったのですが、やがて世の中に見捨てられたようになり、北の方も死去し、都の自邸も火事で焼失するなど悲運の人生をたどり、ついには都を捨てて宇治に逼塞《ひっそく》することになります。これは宇治に移り住んでからの八の宮の心境を述べたくだりです。宮の寂寥を慰めるものとてなく、ただ季節の移ろいや水の音など、美しい自然にふれて心中の空虚を埋めるほかはない、それが「心をやる」という表現です。

心を慰める。

というような訳があてはまります。

やがて宇治を訪れるようになる薫と、八の宮の二人の姫君との間の恋をめぐって展開することになるのが、この巻に続く「宇治十帖」と呼ばれる巻々の物語です。

この「心をやる」と同様の「やる」を用いた熟語的な言い方として、

やる方なし（**やらむ方なし**）

という言い方もあります。

心の中にわだかまっている感情を晴らしようがない。

という苦しい気持ちを表すことばとして使います。（「ながむ」は92ページ、「ものす」は109ページを参照）

三　心情を表す形容詞25

「高い」「大きい」のように物事の状態を表したり、「悲しい」「うれしい」のように人の心情を表したりすることばを、形容詞と呼びます。

古典の場合、「小さし」など物事の状態を表すことばは、だいたい現代語から意味を類推することができますが、人の心情を表すことばには、現代語にないことばがとてもたくさんあり、こまやかな心情の違いを表現することに重きが置かれています。そのニュアンスの違いを理解して読むと、原文で読む楽しさが倍加します。

ここでは、使用頻度の高いことばから取り上げていくことにしましょう。たとえば、「ものぐるほし」（狂気じみている）という形容詞は、有名な『徒然草』の冒頭、

つれづれなるままに、日暮らし、硯《すずり》に向かひて、心にうつりゆくよしなしごとを、そこはかとなく書きつくれば、あやしうこそものぐるほしけれ。

に出てくるので、『古文基本単語〇〇語』という類の参考書にもよく取り上げられていますが、実際にはそれほど頻繁に使われることばではなく、『徒然草』の中でもここ一箇所にしか出てきません。

使用頻度が低いからといって憶えなくてもいいということにはなりませんが、しばしば眼にすることばから憶えていけば、はじめて見ることばが出てきても類推が効くので、学習の仕方としては効率的です。

この章では、代表的な古典の中でしばしば出てくる心情を表す形容詞をピックアップして学んでいくことにします。

① 人の魅力の形容

私たちはしばしば、他の人を見ていて「魅力的な人だな」とか「美しい人だな」と感じます。でも、自分が感じた人の魅力をことばで表現するのは、意外に難しいものです。

たとえば女性の美しさを表現しようと思ったら、現代語なら、「美しい」「きれい」「すてき」など、あるいは外来語を使って「キュート」「ナイス」（今どきいわないか。(^^;)）などという表現がありますが、どういう言い方をしても、他の人にはない、その人独特の美しさや魅力を言い表せていないような気がして、もどかしい思いをするということがよくあります。

古典語では、こうした人物の魅力や美しさを表す語彙が発達しています。このセクションでは、そうした人物の魅力や美しさを表すことばを学んでいきます。以下にあげる形容詞は、現代語訳するときにはたいがい「すてきだ」でまにあってしまいます。前からくり返し述べているように、「どう訳せるか」を気にするのではなく、「ニュアンスのちがい」に留意して学んでいってください。

＊＊らうたし

「らうたし」は、

自分より力の劣った対象に対して、いたわってやりたくなるような気がする、かばってあげたくなる。

というニュアンスのことばです。男性から見て、若い女性や子供を対象に使われることが多いことからも、ことばのニュアンスは伝わってきます。現代語にはそれに近い意味あいのことばがありませんが、置き換えるとしたら、

愛らしい。可憐だ。

というようなことばが近いでしょう。

［例文］

（宣耀殿の女御は）御目のしりの少し下がりたまへるが、いとどらうたくおはするを、帝（村上天皇）、いとかしこくときめかさせたまひて、かく仰《おほ》せられけるとか。

生きての世死にてののちの後《のち》の世も羽をかはせる鳥となりなむ

（『大鏡』師尹伝）

（宣耀殿の女御は）目尻が少し下がっていらっしゃるのが、たいそうかわいらしくていらっしゃるので、帝（村上天皇）はたいそうご寵愛になって、このように仰せられたとか。

生きての世（現世でも、死後の世界でも、比翼の鳥となって、いつまでも離れずにいよう）

宣耀殿の女御は、藤原師尹の娘で、村上天皇の女御となり、天皇に寵愛された人です。ここにはその容貌について書かれていますが、端正な美女というよりは、目尻が下がった愛嬌のある顔立ちで、村上天皇はそこがお気に入りだったようです。和歌の中の「羽をかはせる鳥」は白居易の『長恨歌』の中に出てくる「比翼連理」ということばを踏まえた表現です。

＊＊うつくし

「うつくし」は、

小さく可憐な様に、胸がきゅんとなる気持ち。

を表すことばで、英語のprettyに近い感じと考えてよいでしょう。現代語の「美しい」とは意味が異なるので、注意が必要です。

［例文］

うつくしきもの。瓜《うり》にかきたるちごの顔。雀の子のねず鳴きするにをどり来る。二つ三つばかりなるちごの、いそぎて這ひ来る道に、いと小さき塵《ちり》のありけるを、目ざとに見つけて、いとをかしげなる指《および》にとらへて、大人ごとに見せたる、いとうつくし。（『枕草子』一四五段）

かわいらしいもの。瓜に書いてある子供の顔。雀の子がちゅんちゅん鳴きながら飛び跳ねてくるの。二、三歳ほどの幼児が、急いで這ってくる途上に、とても小さな塵があるのを、目ざとく見つけて、小さい指でつまんで、大人に次々に見せているの、本当にかわいらしい。

まさに「うつくしきもの」を集めた文章ですが、「瓜に書いてある子供の顔」とか「雀の子が、ちゅんちゅん鳴きながら飛び跳ねるようにやってくる様」とか、まさに「かわいらしい」であって、「美しい」というのとは違うことがよくわかります。そのあとに続く幼児の仕草も、小さな子供独特のあどけない仕草を短いことばでうまく表現しています。

これに続くところでは、「なにもなにも、小さきものは、みなうつくし」（およそどんなものでも、小さいものはみなかわいらしい）という表現がでてきます。小さなものがみんな「かわいい」というのは、現代の乙女チックな感覚にも通じるものがあるような気がします。

（「をかし」については125ページを参照）

＊＊うるはし

きちんと整っている美しさ、立派さを形容することばです。訳語としては、**きちんとしていて立派だ。端正だ。**というようなことばが当てはまります。やがて「きちんとして気持ちがいい」の「気持ちがいい」ほうに重心が移動して、「ご機嫌うるわしく」というような言い方が現れますが、まずは本来のニュアンスを憶えておきましょう。

［例文］

公事多く奏し下す日にて、いとうるはしくすくよかなるを見るも、かたみにほほ笑まる。

（『源氏物語』紅葉賀巻）

公的な伝達事項の多い日で、きちんとして生真面目な様子をしているのを見るにつけても、お互いににやにやしてしまう。

光源氏と頭中将とは義理の兄弟で、親友でもあります。この前夜、源典侍という色好みの老女のところで鉢合わせをし、さや当てを演じてふざけ合ったふたりでした。翌朝、二人は同僚でもあるため、殿上の間で顔を合わせることになります。公務の場では、前夜のことなどなかったかのような顔をして、うってかわって生真面目な様子をしている、それが「うるはしく」です。次の「すくよかなる」も「しゃきっとしていて、崩れがない」という、似たような意味です。そういう二人ですが、目が合うと、昨夜のことが思い出されて、ついにやにやしてしまうというのです。内心の照れくささをおし隠して、上べは生真面目な様子でふるまっている二人の「うるはしき」様子を見て、読者もにやにやしてしまいます。

＊＊　なまめかし

「なま」は「新鮮だ。未成熟だ」という意味で、それに「春めく」などというのと同じ「めく」という接尾語がついて「なまめく」という動詞になり、さらにそれが形容詞化したものです。従って、

若々しい魅力がある。生気にあふれている。

というのが本来の意味です。平安時代後期からは、女性の魅力などの形容の場合、「色っぽい」とか「性的な魅力がある」とかいった、現代の「なまめかしい」に近い使われ方もされるようになりますが、『源氏物語』や『枕草子』の時代には、まだそういう使い方はないようです。

〔例文〕

なまめかしきもの。ほそやかにきよげなる君達の直衣《なほし》姿。……薄様《うすやう》の草子。柳の萌え出でたるに、青き薄様に書きたる文つけたる。（『枕草子』八五段）

新鮮な魅力を感じるもの。ほっそりとスタイルのいい公達の直衣姿。……薄様の草子。萌え出たばかりの柳に、青い薄様に書いた文をつけたの。

「なまめかしきもの」を列挙した章段です。「ほそやかにきよげなる君達の直衣姿」は、現代なら、青年がスーツをすっきりと着こなしている姿が魅力的だ、というのに近い感覚でしょうか。こういうところに生気にあふれた魅力を感じるというのは、女性の眼から見ているからです。「薄様」は薄い上質の紙で、普通の厚い紙でなく薄い上質の紙で製本された草子に魅力を感じるというのも、何となくわかりますね。またそれからの連想で、柳の若枝に青い薄様に書いた手紙をつけたもの、これも贈られる側からすると、いかにも新鮮で心ときめく印象があるでしょう。
『枕草子』には、「～なもの」とか「～は」という題で始まり、その基準に当てはまるものを列挙しているような章段がいくつもあります。これは要するに、「こういうものに魅力を感じる」という美意識のカタログのようなものなのですが、読んでいると、至るところに女性らしい感覚だと思わせられる記述があります。『枕草子』は、「女性向けファッション誌」のような一面を持つ作品だと言えます。（最近はうっかり「女性らしい感覚」などと言うと怒られますが）

［例文］

その日は後宴《ごえん》のことありて、紛れ暮らしたまひつ。箏《さう》の琴つかうまつりたまふ。昨日のことよりも、なまめかしうおもしろし。（『源氏物語』花宴巻）

その日は後宴が催されて、終日取り紛れてお過ごしになった。源氏の君は、箏の琴を担当なさった。昨日の催しよりも、生き生きとした趣があって華やかである。

宮中での花の宴が盛大に催された翌日、後宴（公の宴が催された後行われる、ややくだけた宴会）が催されます。前日の花の宴は、宮中を上げての催しで、翌日の後宴は帝の周辺のものだけで催されたのです。花の宴で、頭中将とともに演舞を披露した光源氏は、今回は箏の琴を演奏することになります。

現代の演奏会でも、本番よりもアンコールの演奏のほうが肩の力が抜けて魅力的だったりすることはよくあります。それと同様に、後宴での演奏には、前日の奏楽にはなかった伸び伸びした魅力が感じられたのでしょう。それが「なまめかしうおもしろし」という言い方で表現されています。この「なまめかし」は

生き生きとして表情に富んでいる。

という意味あいです。このようなニュアンスで、音楽や音楽の演奏について「なまめかし」ということばが使われることがしばしばあります。

（→「おもしろし」については126ページを参照）

② 情感の表現

何かのものごとに接して好感を覚える、というプラスの情感を表すことばも、古文には豊富にあります。考えてみると、現代でも「すてきだ」とか「魅力的だ」というような言い方はありますが、すてきなものに出会って心が動かされる時の感覚は、そういうありきたりの言い方ではなかなか言い表せないようです。そのための語彙が豊富にあるというのは、うらやましいような気がしますね。

＊＊をかし

形容詞「をかし」は意味するところがとても広いことばです。先にも触れたように、「をこ」（ばかげている様）と関係があるとも、「をく」（招き寄せる）と関係があるともいわれ、語源がはっきりしないことばですが、ニュアンスとしては、**対象に強い関心を抱く。対象に深く心が惹かれる。**という気持ちを表します。そこから「面白い・滑稽だ」という意味も派生するため、現代語の「おかしい」につながっていきますが、もともとは対象を好意的に受け止めることばです。

［例文］

夏は夜。月のころはさらなり、闇もなほ、螢のおほく飛びちがひたる。また、ただ一つ二つなど、ほのかにうち光りて行くもをかし。雨など降るもをかし。（『枕草子』初段）

夏は夜。月の頃はいうまでもない、闇の夜もやはり（よい）。螢が多く飛び交っているの。また、たった一つ、二つほどがかすかに光りつつ飛んでいくのもすてきだ。雨などが降る夜もすてきだ。

有名な『枕草子』冒頭の文章の一部です。夏の夜、螢が一、二匹、ほのかに光りながら飛んでいく様、また夏の夜に雨がそぼ降る様が、「をかし」と表現されています。この二つの「をかし」は、注釈書などでは「趣深い」などと硬く訳されることが多いですが、語感としてはもっと軽く、**すてきだわ。いい感じだわ。**といったぐらいのニュアンスでしょう。これも繰り返し述べているように、訳語を辞書の中から探そうとせずに、自分なりにぴったりくることばを探すほうが楽しいはずです。

＊＊　おもしろし

「おもしろし」の語源は、「おも（面）」＋「しろし」（「明るい」という意味）で、面前がぱあっと明るくなるような感じを表します。語感としては、**気持ちがぱあっと明るくなる。晴れやかな気分になる。**ということで、現代の「おもしろい」とは意味が異なります。

［例文］

三月三日は、うらうらとのどかに照りたる。桃の花の今咲きはじむる。柳などをかしきこそさらなれ。それもまだ、まゆにこもりたるはをかし。ひろごりたるはうたてぞ見ゆる。おもしろく咲きたる桜を、長く折りて、大きなる瓶《かめ》にさしたるこそをかしけれ。（『枕草子』三段）

三月三日は、うららかにのんびりと日が照っているのがいい。桃の花がちょうど咲き始めているのも（いい）。柳などが風情があるのもいうまでもない。それもまだ、繭に籠もっているのはすてきだ。もう広がってしまったのは見た目が良くない。華やかに咲いた桜を長く折って、大きな瓶にさしてあるのはすてきだ。

三月三日の節句の頃の、季節の風情を述べた章段の一節です。ここでは、咲き誇っている桜に対して、「おもしろし」ということばを使っています。その前のくだりで話題になる桃の花や、芽をふいたばかりの柳にはない、目の前がぱあっと明るくなるような、晴れやかな気持ちにさせてくれる桜の形容です。

（→「をかし」については125ページを参照）

なお、「おもしろし」ということばは、

御輿《みこし》むかへたてまつる船楽《ふながく》、いとおもしろし。（『紫式部日記』）

帝の御輿をお迎えするために奏される船楽が、とてもはなやかである。

のように、楽器の演奏などの場合にもしばしば用いられます。この場合には、視覚的な意味あいではなく、楽音が流れることで周囲の雰囲気が明るく晴れやかになるという気分を表しています。楽音が流れ出したとたんに、あたりの空気の色合いがいっぺんに変わり、身も心もリフレッシュされるような感じがしたという経験は、誰にもあるでしょう。そんな、ぱあっと照明が当たったような感覚が、「おもしろし」にはこめられています。

＊＊　なつかし

「子供がなつく」などという時の動詞「なつく」から生まれた形容詞で、**好ましい対象に慕い寄っていきたくなる。**という気持ちを表すことばです。また、「過去のよい記憶を呼び起こしたくなる」というところから、現代語の「なつかしい」につながる意味が派生してきますが、本来ははじめて見る対象についても使われることばです。

[例文]

二十日の月さし出づるほどに、いとど木高き影ども木暗く見えわたりて、近き橘《たちばな》のかをりなつかしく匂ひて、女御の御けはひ、ねびにたれど、飽くまで用意あり、あてにらうたげなり。

（『源氏物語』花散里巻）

二十日の月がさし昇る頃、高い木立の影が一面に暗く見えて、近くの橘の香りがしたわしげに匂ってきて、女御のご様子は、齢を重ねていらっしゃるけれど、どこまでも心遣いが行き届いており、高貴で愛らしい感じである。

光源氏が、今は亡き父桐壺院の后であった麗景殿の女御の住まいを見舞う場面です。この花散里という巻は『源氏物語』の中では短い巻ですが、全体に昔を懐かしむような懐旧的なトーンに貫かれており、その雰囲気を彩る一つのカギになるのが、この場面に見える橘の花です。橘は、

五月待つ花橘の香をかげば昔の人の袖の香ぞする

（『古今集』夏　詠み人知らず）

という歌が広く知られており、「昔のことを懐かしむ」という主題に結びつくキーワードになっています。「近き橘のなつかしく匂ひて」の「なつかしく」は、そのまま現代語の「なつかしく」に置き

換えてもおかしくはないのですが、

いかにも心惹かれるように。忘れていた感覚を呼び覚ますように。

といった捉え方のほうがニュアンス的に近いでしょう。

（↓「らうたげなり」は形容詞「らうたし」に「げ」がついて形容動詞になったもの。「らうたし」については117ページを参照）

③　不快の感情

古典には、不快の感情を表すことばが驚くほどたくさんあります。確かに、不愉快に思う、その思い方には、様々なニュアンスの違いがあるはずで、「いやだ」などと訳せばみなそれで通用してしまいますが、原文で読む際には、どんなふうにいやなのか、それぞれのニュアンスの違いを感じ分けることが大切です。

＊＊　わびし

「わぶ」（失望する。落胆する。力を落とす）という動詞があります。この「わぶ」の寂寥感、孤独感に基づいて、孤独な隠居生活を「わび住まい」などと言い表していたのが、中世の頃になると、次第にその寂寥感、孤独感の中に生き方の美を見出すようになり、「わび」「さび」などと言われる、簡素で渋い味わいを表現する美学用語に転じていきます（「さび」は形容詞「さびし」からきています）。

もともとは負の感情を表していたことばが、よい意味に転じていくのは面白いですね。

その「わぶ」が形容詞化したのが、「わびし」です。

落胆する。しょんぼりしてしまう。

という気持ちを表すことばです。

［例文］

坂のなからばかり歩みしかば、巳《み》の時ばかりになりにけり。やうやう暑くさへなりて、まことにわびしくて、「など、かからでよき日もあらむものを、何しに詣《まう》でつらむ」とまで、涙も落ちてやすみ困《こう》ずるに、

（『枕草子』一五二段）

坂の中途のあたりを歩んでいたところ、もう巳の時頃になってしまった。次第に暑くさえなって、本当にしんどくて、「なぜ、こんなに暑くなくてもっと条件のいい日もあるだろうのに、どうして今日参詣してしまったのだろう」とまで思い、涙もこぼれて休息しつつ難儀しているのに、

先にも取り上げた稲荷詣の記述の続きです。貴族の女性も、伏見稲荷などに参詣する折りには牛車を降りて、徒歩でお参りするもののようです（そうしないと御利益がないと考えられていたのでしょう）。伏見稲荷は社殿までそうとう距離があり、しかも登り坂です。この時には二月初午の日を選んで参詣しているので、今の暦では三月の下旬、だいぶ暖かくなり、すこし運動をすると汗ばむほどの陽気の日があります。早朝に出発してきたのに、坂の半ばにさしかかった頃にはもう巳の時（午前十時〜十一時頃）、はや疲れ果て、座り込んで動けなくなりながら、「今日中に家に帰り着けるかしら」などと考えると涙がこぼれるほどで、「どうしてここまで来てしまったんだろう」とぐったりしてしまう、そんな気持ちが「わびし」にこめられています。現代語の「わびしい」は「気力がなくなる」「なさけない」といった意味でよく使われますが、それとは意味が違うので、要注意です。

＊＊うし

古文独特のことばです。不満や悲しみが内攻して心をむしばむような気持ちを表すことばで、訳語としては、

つらい。悲しい。

といったありきたりのことばしか見あたりませんが、そういうことばにおきかえてもなかなかニュアンスがわかりづらいことばです。宿世とか性格とか、もともと自分に備わっているものを嫌悪するような感覚も籠められています。

［例文］

寝られたまはぬままに、「我はかく人に憎まれても習はぬを、今宵なむはじめてうしと世を思ひ知りぬれば、恥づかしくてながらふまじくこそ思ひなりぬれ」などのたまへば、涙をさへこぼして臥したり。（『源氏物語』空蟬巻）

（源氏の君は）おやすみになれないままに、「私はこのように人に憎まれる経験をしたことがないのだが、今宵こそははじめて世の中をつらいと思い知ったので、恥ずかしくて、生きてはいられないような気がするよ」などとおっしゃるので、（小君は）涙をさえながしてうち臥している。

源氏は一度は空蟬という人妻と契りを結びましたが、その後は手厳しく拒絶されます。女性に拒絶された経験のない源氏の君、しかも相手が高貴な女性ならともかく、空蟬は中級貴族の女性です。恋しい思いもプライドもずたずたになって、苦悩のうめき声を漏らしている源氏を描いた珍しい場面です。「うしと世を思ひ知りぬれば」は、他者に拒まれたという経験によって、世の中が残酷で生き甲斐のないものだと思い知らされたという気持ち。ことばをかけている相手が空蝉の弟である小君なので、わざと大げさに嘆いて見せているのかもしれません。ここでの源氏は実に恰好が悪いのですが、十代の青年だと思えば、それもかわいげがあるかもしれません。

＊＊ つらし

「つらし」は、現代語の「つらい」とは意味が違い、相手に対して、**薄情だ。思いやりがない。**

と、反発したり責めたりする気持ちを表すことばです。女性が、愛情の薄い男性に対して「つらし」と言って責めたりするのが典型的な用例で、自分がつらいと思っているのではなく、相手に対して「なんて薄情な人なの」と責める気持ちがこめられています。

〔例文〕

昔、男、はつかなりける女のもとに、

あふことは玉の緒ばかり思ほへてつらき心の長く見ゆらむ

(『伊勢物語』三〇段)

昔、男が、なかなか逢えない女のもとに（詠み送った歌）

あなたに逢うときはほんのつかの間のように思われて、反面、冷淡なお気持ちが見えるときは長々と続くような気がします。

「玉の緒」は、玉（真珠）を貫く糸の間が短いところから、ごく短い間を意味する歌語です（「命」の比喩としても使われます）。逢える機会はほんのわずかしかないのに、いつもいつも「つん」として顧みてくれないのはなんとしたことでしょう、と訴える気持ちの歌です。相手は誰だかわかりませんが、面倒くさい女なのでしょうね。

＊＊　くやし

「自分がしたことを後悔する」という意味の「くゆ（悔ゆ）」という動詞が形容詞化したもので、自分のしてしまったことを、

あんなことをしなければよかった。

と後悔する気持ちを表すことばです。現代語の「くやしい」とは意味が違うので、要注意です。

［例文］

「よくもあらぬかたちを、深き心も知らで、あだ心つきなば、後くやしきこともあるべきを、と思ふばかりなり」（『竹取物語』）

「自分は顔立ちもよくないのに、（相手の）深い愛情を確かめもせずにふらふらと誘いに乗ったら、後で後悔することになるにちがいない、と思うばかりなのでございます。」

しきりに結婚を勧める翁のことばに対する、かぐや姫の返事です。「あだ心」は「浮わついた心」の意で、ここではついその気になって結婚することを意味しています。「後で後悔したくないから結婚しない」というかぐや姫の理屈は筋が通っているようですが、そもそもかぐや姫には人間の男と結婚する気がないのです。

＊＊ くちをし

期待していたこと、予想していたことが裏切られて落胆する気持ちを表すことばで、**予想が外れて、がっかりする。失望する。**という意味です。

【例文】

忘れがたく、くちをしきこと多かれど、え尽くさず。とまれかうまれ、とく破《や》りてむ。

（『土左日記』）

忘れがたく、心残りなことは多いけれど、とても述べ尽くすことはできない。とにもかくにも、早く破り捨ててしまおう。

『土左日記』の末尾です。土左での任期を終えてやっと都に帰り着いた筆者たち一行でしたが、土左国で亡くなった女子が一緒でないことが、自邸に帰り着いてみるといっそう身にしみて悲しく思われます。あまつさえ、自邸は荒れ果てており、何のために遠い国へ行って苦労をしたのか、今となっては徒労感ばかりが心を覆い尽くします。「くちをしきこと」は、

心残りなこと。

で、自分が失ったものを中心とした様々な悔恨の思いと考えられます。

＊＊ あぢきなし

物事がうまくいかず、かといって自分の力ではどうすることもできない、という無力感を表すことばです。

どうしようもない。無益だ。面白くない。

など、訳語は文脈でいろいろ工夫してください。

［例文］

あぢきなきもの。わざと思ひ立ちて、宮仕へに出で立ちたる人の、物憂がり、うるさげに思ひたる。とり子の顔にくげなる。しぶしぶに思ひたる人を、強《し》ひて婿《むこ》取りて、思ふさまならずと嘆く。

（『枕草子』七五段）

今さらどうしようもないもの。わざわざ思い立って宮仕えに出た人が、面倒くさがり、おっくうに思っているの。養子の顔が良くないの。気が進まないと思っている人を、無理に婿にとって、あとから期待はずれだと嘆くの。

「あぢきなし」という感覚に該当するものを、具体的に列挙した文章。挙げられているのは、

㈠　自分から宮仕えに出ておきながら、だんだんおっくうになっている。

㈡　養子をとったところが、顔立ちがよろしくない。

㈢　気が進まない人をむりやり婿にとって、後になってやっぱり大した婿ではなかったと嘆く。

という三つの例です。やってしまってから後悔するという意味では、「くやし」と似ていますが、このなりゆきが受け入れがたい、しかし自分の力ではどうにもならない、もう取り返しがつかないという無力感のようなものが根幹にあることばです。㈠も㈡も㈢もありがちなことですが、そうなるかもしれないと予想されていながらやっぱりそうなってしまう、という無念さが感じられます。「あーあ、やっぱりか。でも今さらどうしようもない」という感じでしょうか。訳語としては、

今さら仕方がない。**どうにもならない**。

というあたりが近いようです。

＊＊　いとほし

「いとふ」（対象から身を避ける）という動詞とつながりがあることばで、弱いもの、困っているものを見て、

目を背けたくなる。気の毒に思う。

というのが原義。か弱い対象を見て逆に「可憐だ」と好感を抱く気持ちからさらに進むと、現代語の「いとおしい」に通じる「かわいい。好きでたまらない」という意味が派生してきます。

〔例文〕

いみじうしたてて婿《むこ》とりたるに、ほどもなく住まぬ婿の、舅《しうと》に会ひたる、いとほしとや思ふらむ。（『枕草子』二四八段）

たいそう立派な支度をして婿にとったのに、まもなく通ってこなくなった婿が、舅にばったり会ったとき、気の毒だと思うだろうか。

平安時代の貴族の結婚は、正式な結婚の場合は親がかりで決まります。娘の父親が婿を選び、盛大な準備をして結婚の儀式を執り行なった。婿殿はしばらく女君のもとへ通ってきますが、気が合わなかったのか、まもなく来なくなってしまう。現代とは違い、婚姻届や離婚届のような法的な手続きがないので、男が通わなくなればそれで終わりです。そしてある時、かつての舅（娘の父親）とばったり出くわしたとき、さすがに「気の毒なことをしたなあ」と婿殿の心が痛むというのです。「思ふらむ」（思うだろうか）と疑問推量の形をとっているのは、作者が女性なので、こういう時の男性の心理はよくわからない、という気持ちを表しているのでしょうか。身勝手な男に対する批判的な気持ちを読みとってもいいかもしれません。

＊＊ ねたし

自分が相手より劣った立場にいることを自覚して、不愉快に思う気持ちを表すことばで、

くやしい。いまいましい。

といった訳語が当てられます。現代語の「ねたましい」とは意味が違うので、要注意。

[例文]

おもしろき萩《はぎ》、薄《すすき》などを植ゑて見るほどに、長櫃《ながびつ》持たる者、鋤《すき》など引き下げて、ただ掘りに掘りていぬるこそ、わびしうねたけれ。よろしき人などのある時は、さもせぬものを、いみじう制すれど、「ただすこし」などうち言ひていぬる、言ふかひなくねたし。（『枕草子』九一段）

美しい萩や薄などを自邸に植えて眺めているときに、長櫃を持った者が、鋤などをぶら下げてきて、どんどん掘って持っていってしまうのは、不愉快でおもしろくない。身分のある人がいるときには、そんなことはしないのに、一生懸命止めても、「ほんの少しだけ」などといっ

ては持っていってしまう、何とも言いようがなく不快だ。

誰かが自分の家の庭の庭木を勝手に掘って持っていってしまう。そんなことがありうるのかと思いますが、それを命じた相手が身分のある人で、しかも上司に当たる人だったりすると、そういう専横な振る舞いもあったのでしょう。大事な庭木を持っていかれるのは、当然おもしろくないことですが、相手によっては口を出せないこともあり、ただ黙ってみているほかはない、そういうときの無力感を表すのが「ねたし」です。

（↓「おもしろし」は126ページ、「わびし」は130ページ、「いみじ」は157ページを参照）

＊＊ はしたなし

「はした」は「中途半端な部分」「よけいにはみだした部分」の意、「なし」は「無し」ではなく「甚し」で「はなはだしい」の意。従って「はしたなし」は、自分の気持ちとしては、**中途半端できまりが悪い。どっちつかずで落ち着かない。**という気持ち、他への気持ちとしては、**態度が悪い。失礼だ。**

という批判的な気持ちを表します。

［例文］

はしたなきもの。こと人を呼ぶに、わがぞとさし出でたる。ものなど取らするをりはいとど。おのづから人の上などうち言ひ、そしりたるに、幼き子どもの聞き取りて、その人のあるに言ひ出でたる。

（『枕草子』一二三段）

きまりがわるいもの。他の人を呼んだのに、自分が呼ばれたかと思って出ていったの。何かを上げたりする際だとよけいに。たまたま人のことを話題にして、悪口を言ったのを、幼い子どもが聞いていて、その人がいるときに言い出したの。

ここには「はしたなし」という気持ちにさせられる二つのケースが上げられています。

一つは、自分が呼ばれたのでもないのに「はいはい」と返事をして出ていって、間違いとわかったとき。これは照れくさいですね。また誰かにものをあげようと思って呼んだときに違う人が来ると、これはお互いに気まずい。

二つめは、誰かの悪口を言ったのを子どもが聞いていて、あとでその人がいるときに「この間、こんなことを言ってたよね」などと言い出されるとき。子どもに悪気はないのですが、これも気まずい。

このように、

気まずい。居たたまれない。

という訳語がぴったりくる場合があります。

不快な感情を表す重要な形容詞はまだまだあります。よく出てくるものを以下に列挙しておくので、古語辞典で意味を確認してみてください。それぞれのことばが表している「不快さ」にどのような違いがあるのかに注目して、ニュアンスの違いをつかむことが大切です。

あさまし・かなし・心苦し・すさまじ・つれなし・むつかし・めづらし・わづらはし・わりなし

コラム　平安貴族の結婚

平安時代には、結婚後も女性は実家との結びつきが強いため、男性が女性の家へ通っていく形をとることになります（女性にとって結婚は「実家を出ること」ではありませんでした）。それで「通ひ婚」「婿取婚」などといわれるわけですが、それによって男性は複数の女性の家へ通っていくことが可能になります。そのため、貴族社会は一夫多妻だったと常識のように言われますが、法律的にはあくまでも「正妻」は決まっていたという説もあります。現代のような妻と夫とが同居することが前提の一夫一妻とはそもそもの前提が違うので、単純に「複数の妻を持つことが認められていた」と考えないほうがいいようです。

結婚後も実家から引き継いだ妻の財産は妻のもの（男女別財）、妻の姓が夫の姓に変わるわけではない（男女別姓）というところも、現代の家族のあり方とは異なります。そういう別の形で、女性の側の権利が守られていたという側面もあるようです。

平安貴族は一夫多妻制で、妻である女性はひたすら忍従を強いられていたというようなイメージが一般的ですが、婚姻制度や家族制度はあくまでも社会を成り立たせている機構の一環であり、男女のどちらかが一方的に不利な制度が社会的に継続しうるものかどうかを疑うことも必要だと思います。

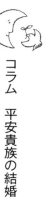

④ 不安の感情

古語には、不安や落ち着かない気持ちを表わすことばも豊富です。私たちのもつ感情には、ことばに言い表しがたい微妙な色あいがありますが、ここでも「何と訳せばいいのか」にとらわれず、そのニュアンスの違いに注目するようにしましょう。

＊＊ うしろめたし

「後ろ目」＋「痛し」で、

後ろ（傍ら）から見ていて、気がかりだ、不安だ。

という気持ちを表すことばです。現代語の「うしろめたい」は「心にやましいことがある」という意味ですが、この用法は鎌倉時代以降に増えてくる使い方で、平安時代の仮名文にはあまり見られません。

［例文］

朝餉《あさがれひ》の御前《おまへ》に、上おはしますに、御覧じて、いみじうおどろかせ給ふ。猫を御ふところに入れさせ給ひて、をのこども召せば、蔵人忠隆《ただたか》、なりなか参りたれば、「この翁丸《おきなまろ》打ちてうじて、犬島へつかはせ、ただいま」とおほせらるれば、あつまり狩りさわぐ。馬の命婦をもさいなみて、「乳母《めのと》かへてむ。いとうしろめたし」と仰せらるれば、御前にも出でず。（『枕草子』七段）

朝餉の間に、みかどはいらっしゃったのだが、これを御覧になって、たいそうびっくりなさる。猫を懐にお入れになって、官人たちをお召しになり、蔵人忠隆と「なりなか」とが参上すると、（みかど）「この翁丸を打って懲らしめて、犬島へ流してしまえ。今すぐにだ」とご命じになるので、官人たちが大勢で（翁丸を）狩りたてる。馬の命婦をも叱責なさって、「乳母を代えよう。とても心配だ」と仰せになるので、（命婦は）御前にも出ず謹慎している。

一匹の猫が、内裏で大切に飼われていました。この猫は「命婦」という官職まで与えられ、人間の乳母をつけられるほど大切にされていたのですが、その飼育係のはずの乳母が、いうことをきかない猫にむかっ腹を立てたのか、「翁丸」というやはり内裏の中で飼われていた犬を「あの猫をおどかしてやりなさい」と冗談半分でけしかけました。「翁丸」は言われた通りに猫に襲いかかり、猫はおびえて帝のいるところへ逃げ込んできます。帝は激怒し、「翁丸は流罪にせよ」と言い、乳母に対しても、「乳母かへてむ。いとうしろめたし」と叱責のことばを投げかけます。この「うしろめたし」は、「こんな女が乳母では、今後もきちんと猫の世話をするかどうか心配である」という天皇の気持ちを

表しています。訳語としては、
危なっかしくて見ていられない。
というぐらいの表現が当てはまります。
（→「おどろく」については88ページを参照）

［例文］

つつめども袖《そで》よりほかにこぼれ出てうしろめたきは涙なりけり（『山家集』）

隠していても、袖から外にこぼれ出てしまう、涙はなんと気恥ずかしいものなのだろうか。

西行法師の歌ですが、歌としては恋の苦しさを歌った歌です。人に知れないように隠しているのに、袖から涙がこぼれ出てしまうことで、秘めた恋心が知られてしまう、それを気恥ずかしく思う気持ち、人目を避けたい気持ちが「うしろめたき」にこめられています。

＊＊　かたはらいたし

「かたはらいたし」は、

かたはら（他人）の見る眼が気になる。かたはらに対して恥ずかしい。

という意味です。また、そう感じる主体が「かたはら」にいる立場に立って、

かたはらから見ていて見苦しい。見ていられない。

という意味にもなります。訳語で比較すると、違う意味のように見えますが、「いたし」と感じるのが主体の側なのか客体の側なのかの違いで、根本的に意味が違うということではありません。

[例文]

かたはらいたきもの。客人《まらうど》などにあひてもの言ふに、奥の方にうちとけごとなど言ふを、えは制せで聞く心地。思ふ人のいたく酔《ゑ》ひて同じことしたる。（『枕草子』九二段）

みっともないもの。お客さんなどが来て話をしているときに、奥のほうで内輪な話をしているのを、停めることもできずに聞いている気持ち。思っている人がひどく酔って、同じことを繰り返しているの。

「かたはらいたきもの」を集めた章段です。お客様が来ているのに、奥の方から内輪の話（たとえば「今晩のおかずは何にしよう」とか」）が聞こえてくるのはきまりのわるいものです。また恋人が酔っぱらって、同じことを繰り返し言ったりしたりしているの、これもよく見かける光景ですが、それが親密な

相手であるほど、「みっともない。もっとちゃんとしていてほしいわ」という気持ちになるものです。

［例文］

近き御厨子《みづし》なるいろいろの紙なる文どもを引き出でて、中将わりなくゆかしがれば、「さりぬべきすこしは見せむ。かたはなるべきもこそ」とゆるしたまはねば、「そのうちとけてかたはらいたしと思されむこそゆかしけれ。（略）」と怨《ゑん》ずれば、（『源氏物語』帚木巻）

身近にある御厨子にあるいろいろの紙のお手紙を引き出して、中将がむやみに見たがるので、（源氏）「しかるべきものを、少しだけ見せましょう。見苦しいものもあるだろうから」とお許しにならないので、（頭中将）「そのしどけなくてきまりが悪いとお思いになるようなのこそが見たいのです（略）」とお恨みになると、

五月雨の頃、光源氏が宮中で宿直をしているところへ、頭中将をはじめとして同年代の青年たちがやってきて、女性談義をはじめます。いわゆる「雨夜の品定め」の場面の一節です。若き源氏の君は大もてなので、大勢の女性たちと恋文のやりとりをしています。頭中将は源氏の君の傍らにある御厨子に、女性からのものらしい手紙があふれているのに気づき、興味を抱きます。源氏は「見苦しいようなのもあるから」と迷惑そうにしますが、頭中将は、「そんなのこそ見たいのだよ」と言いつのる

というやりとりがなされます。この「かたはらいたし」は、源氏の君が、別の人に見られると具合が悪いと感じる、ということなので、

他人に見られたら恥ずかしい。きまりが悪い。

という意味で使われています。

一般に、他者の眼を意識して「恥ずかしい」とか「きまりが悪い」と思う感情は、貴族社会ではとても強かったため、そうした感情を表す表現が多く見られます。

（→「ゆかし」は166ページを参照）

＊＊ おぼつかなし

「おぼ」は「おぼろ」などと同じくぼんやりしていること、「つか」は「つかむ」と関係があり、

ぼんやりしていてつかみ所がない。

というのが原義です。訳語としては、

はっきりしない。はっきり把握できず不安だ。

というような訳になります。

〔例文〕

「雨いみじう降るをりに来たる人なむ、あはれなる。日ごろおぼつかなく、つらきことありとも、さて濡れて来たらむは、憂きこともみな忘れぬべし」とは、などて言ふにかあらむ。

（『枕草子』二七四段）

「雨がたいそう降るときに来るような人は、胸がきゅんとなるわね。日ごろは態度がはっきりせず薄情なことがあったとしても、そうして濡れながら訪れてくれると、悲しいこともきっとみな忘れてしまうでしょう」とは、どうしてそんなことを言うのだろうか。

おそらく、『枕草子』の作者、清少納言が耳にした会話に基づく文章です。おそらく同僚の女房の誰かが言ったことばでしょう。「日ごろおぼつかなく」というのは、相手の男性が、待っていてもなかなか来てくれず、待ち遠しい思いばかりしている、という女の気持ちです。**待ち遠しい。動静がはっきりしない。態度がはっきりしない。**など、いろいろな訳が考えられます。

清少納言自身は、雨の日にわざわざ来る人こそ誠実な人だという意見に必ずしも賛成ではないようです。日頃あまり頻繁に訪れないくせに、雨の日に限ってわざわざ濡れながらやってくるのは、わざとらしいパフォーマンスで、誠実さとはかけ離れた態度だと言いたいのでしょうか。女性が男性のどのようなところに誠意を感じるのか、人によって差があるのは現代でも同じかもしれませんね。

（→「あはれなり」は172ページ、「うし」は132ページを参照）

＊＊ こころもとなし

「こころ」＋「もとなし」（「もと」は「基盤」の意）で、「こころの基がはっきりしない」ということ。従って、

気持ちばかりが先走って抑えが効かない。

という心境を表します。訳語としては、

じれったい。気がはやる。

などが当てはまります。

［例文］

三日。同じところなり。もし、風波のしばしと惜しむ心やあらむ。心もとなし。

（『土左日記』）

三日。同じ所に留まっている。もしかすると、風や波がもうしばらくいてほしいと別れを惜

しむ心を持っているのだろうか。気がかりなことだ。

都への舟旅の途上の記事です。当時の舟は帆行なので、風向きや波の高さなど気象条件がよくないと前進することができません。風向きがよくないので、この一行はもう何日も大湊《おおみなと》という港に留まっていて、先へ進むことができずにいます。「心もとなし」は、この分ではいつ都へ帰り着けるのか分からないという不安な気持ちを表しています。「風や波が別れを惜しんで進ませてくれないのだろうか」というのは、不安な気持ちを冗談で紛らわせようとしているのでしょう。

＊＊ ゆゆし

神聖なもの、タブーに当たるものを表す「ゆ」（斎）からきたことばで、禁忌にあたる対象を前にして、

不吉だ。おそれおおい。

と感じる気持ちを表します。またそこから転じて、

大変だ。たいそう〜だ。

という強調の意味を表すこともあります。現代語の「ゆゆしき事態だ」というような言い方は、その

強調の意味だけが残ったものです。

［例文］

もてならしたまひし御調度《てうど》ども、弾きならしたまひし御琴、脱ぎ捨てたまへる御衣《おんぞ》の匂ひなどにつけても、今はと世に亡からむ人のやうにのみ思したれば、かつはゆゆしうて、少納言は、僧都に御祈祷のことなど聞こゆ。

（『源氏物語』須磨巻）

（源氏が）愛用していらっしゃった調度や、いつも弾いていらっしゃった琴、脱ぎ捨てていらっしゃったお召し物の残り香などにつけても、もはやこの世にいない人のように（紫の上）は思いつめていらっしゃるので、傍目には不吉でならず、少納言は僧都に、無事の帰還を祈るご祈祷などをご依頼する。

源氏の君が都を離れて須磨へと去ったあと、あとに残された紫の上が悲嘆にくれている場面です。源氏の君が残していった調度、琴、衣類、何をとっても悲しみを誘わないものはないのですが、女君の悲嘆の様子はまるで亡くなった人を悼んでいるかのように見えるので、端から見ていて縁起でもないように感じられる、それが「ゆゆしうて」です（「ゆゆしう」は「ゆゆしく」のウ音便）。少納言は紫の上の乳母で、僧都に祈祷を依頼するのは、源氏の君の無事の帰還を祈ると同時に、紫の上を励ます意味も籠められているのでしょう。

［例文］
山階寺《やましなでら》の別当になりて、よろこび申す日、……高き屐子《けいし》をさへはきたれば、ゆゆしう高し。

（『枕草子』一〇段）

（定澄僧都が）山階寺の別当になって、そのお礼を申し上げる日、……高い屐子まで履いているので、おそろしく背が高い。

定澄僧都という人は、当時、背が高いので有名だったようです。その定澄僧都が、山階寺（興福寺）の別当に任命されて、そのお礼を述べるために参内した日、もともと背が高い上に、屐子（底の厚い履き物）まで履いているので、恐ろしく背が高く見えた、というのです。この「ゆゆしう」は単に強調する意味で、「不吉だ」というもともとの意味はほとんどなくなっています。現代でも、「あいつ、おそろしく上手いな」というような言い方をしますが、この場合も「おそろしい」には「恐怖を感じさせられる」というもともとの意味はほとんどなくなっています。

⑤ 多義的なことば

古語には、とても多様な意味あいがあって、現代語に置き換える際にはなんと言い表したらいいのかとまどうようなことばがあります。こういうことばは、現代語の感覚ではまったく別の意味を併せ持っているように見えることもあります。この章では、そうした多義的なことばのとらえ方を考えてみます。

＊＊ いみじ

程度が甚だしいことを形容することばで、

とても～である。

というパターンの訳し方になります。この「～」のところには、文脈に応じて様々なことばを当てはめることができます。

［例文］

輦車《てぐるま》の宣旨《せんじ》などのたまはせても、また入らせたまひてさらにえゆるさせたまはず。「限りあらむ道にも後《おく》れ先立たじと契らせたまひけるを、さりともうち棄ててはえ行きやらじ」とのたまはするを、女もいといみじと見たてまつりて、（『源氏物語』桐壺巻）

（退出するための）輦車の宣旨などを御命じになってからも、また奥へお入りになって、更衣を手放そうとはなさらない。（帝）「死に臨んでも別れはすまいと約束なさったではありませんか。こんな状態でも、私を置いていくことはおできにならないでしょう。」とおっしゃるのを、女もたいそうお気の毒だと拝見して、

光源氏が三歳の夏、母更衣は重病になり、ついに内裏から退出することになりました。しかし、帝は動転して、更衣を容易に手放そうとはしません。「生きるも死ぬも一緒だと誓ったではないか。私を残していかないでおくれ」とかき口説きます。そんな帝の有様を、更衣は「いといみじ」と拝見している、という文脈です。この「いみじ」は、更衣が帝を思いやっている気持ちを表しているので、**たいそうお気の毒である。おいたわしい。**というぐらいの訳になるでしょう。

しかし、今生の別れに際して、嘆き悲しむ帝の姿を見やりつつ、更衣が感じる思いは、「気の毒

だ」とか「いたわしい」とかいったありきたりの表現を超えた、万感胸に迫る思いに違いありません。「たいそう〜である」の「〜」の部分は、今のことばには置き換えられない、無限の情感なのです。その深々とした思いを本文から読みとることが大切で、どういう現代語に置き換えるかで頭を悩ませるのはあまり意味がありません。

【例文】

三四日になりぬる昼つ方、犬いみじう鳴く声のすれば、なぞの犬のかくひさしう鳴くにかあらんと聞くに、よろづの犬とぶらひ見に行く。御厠人《みかはやうど》なる者走り来て、「あないみじ。犬を蔵人二人して打ち給ふ。死ぬべし。犬を流させ給ひけるが、帰り参りたるとて、てうじ給ふ」と言ふ。

（『枕草子』七段）

それから三四日経った日のお昼頃、犬がたいそう鳴く声がするので、どうして犬がこんなに長い間鳴いているのだろうと思って聞いていると、たくさんの犬が様子を見に走っていく。御厠人である者が走ってきて、「ああ大変です。犬を蔵人が二人がかりで打擲しています。あのままでは死んでしまうでしょう。犬をお流しになったのが帰ってきたというので、打擲なさっているのです」と言う。

前にも取り上げた、宮中で飼われていた猫を脅かした罪により、「翁丸」という犬が追放処分になったという話の続き。数日後、内裏から追放された「翁丸」がまたうろうろ戻ってきたというので、官人たちが散々に打擲します（「てうじ（調じ）」は「調伏する・こらしめる」の意）。御厠人（宮中の便所など不浄な場所を担当する、身分の低い女官）が飛んできて、そのことを清少納言たちに報告する場面です。前の傍線部のように連用形で下へかかる場合には、副詞的な用法として、単に「とても（たいそう）」と訳します。二つめの傍線部の「いみじ」は本来の形容詞ですが、蔵人が犬を打擲しているのを見て飛んできての報告ですからまさに、

大変です。一大事です。

と訳す外はないでしょう。

＊＊　あやし

「あやし」は、自分にとって理解しがたいもの、あるいは受け入れがたい状況に直面したときに感じる混乱した気持ちを表現することばです。感動詞「あや」から生まれたことばと言われ、「えーっ？」という気持ちになる思いを表します。訳語としては、

不思議だ。奇妙だ。あるまじきことだ。

というようなことばが当てはまりますが、この他にも文脈に応じて様々な訳語を当てることができます。古文独特のことばです。

［例文］

何ごとかあらむとも思したらず、さぶらふ人々の泣きまどひ、上も御涙の隙《ひま》なく流れおはしますを、あやしと見たてまつりたまへるを、よろしきことにだにかかる別れの悲しからぬはなきわざなるを、ましてあはれに言ふかひなし。

（『源氏物語』桐壺巻）

（皇子は）何が起こったのかもおわかりにならず、伺候する人々が泣きまどい、みかども涙をとめどなく流していらっしゃるのを、不思議だとご覧になっていらっしゃるばかり、普通の場合でも肉親との死別が悲しくないわけはないのに、ましてあわれで、何とも言いようがない。

重病のため、内裏を退出した桐壺更衣は、ついにそのまま死去してしまいます。内裏に残されていた皇子（光源氏）も服喪のため、里邸に退出することになりますが、まだ数えで三歳と幼いので、何が起こったのかよく理解できないでいます。ただ、周囲の女房たちが嘆き悲しみ、父である天皇も涙に暮れている様子を、不思議に思って見ています。そうした皇子の気持ちを表しているのが「あやし」ということばです。訳すとすれば、

いつもと様子が違うな。変だな。

というような表現が当てはまります。母の死ということがまだ理解できず、ただ「あやし」と思っているだけのあどけない姿に、読者はいっそうあわれを誘われるのです。

（→「あはれなり」は172ページを参照）

「あやし」は主体の心中に生じるある種の混乱やとまどいを表すことばですが、そこから転じて、「主体にそう感じさせるような対象だ」というように、対象の持っている属性を表す用法が生まれてきます。現代語でも、「さびしい」は自分の感情を表すことばですが、「向こうの壁がさびしいから、絵でもかけようか」というような場合には、「壁」という対象がシンプルで殺風景であるという属性の表現に近づいています。「あやし」にも、そういう使いかたの二面性があります。

後者の場合、身分の高い人から見て、対象が「見慣れないものだ」「違和感があるものだ」という意味あいで使われていることが多いので、現代語に置きかえる際には、

粗末な。卑しい。身分の低い。

といったことばを当てることになります。

訳語で比較すると、まったく違う意味のように感じられますが、対象の属性に力点を置くか、その対象に接した主体の情意に力点を置くかの違いで、「あやし」ということばにまったく別の意味があ

るというわけではありません。

［例文］

切懸《きりかけ》だつ物に、いと青やかなる葛《かづら》の心地よげに這ひかかれるに、白き花ぞ、おのれひとり笑みの眉ひらけたる。「をちかた人にもの申す」と独りごちたまふを、御随身《ずいじん》ついゐて、「かの白く咲けるをなむ、夕顔と申しはべる。花の名は人めきて、かうあやしき垣根になん咲きはべりける」と申す。

（『源氏物語』夕顔巻）

切懸めいたものに、とても青々とした葛が気持ちよさそうに這いまつわっているところに、白い花が誇らしげに咲いている。「をちかた人にもの申す」（向こうにいる人にお尋ね申す）と独り言をおっしゃるのを耳にして、御随身が膝をついて、「あの白く咲いているのを、夕顔と申します。花の名は人めいていますが、こんな粗末な垣根に咲くものでございます」と申し上げる。

光源氏が、病気の乳母を見舞いに訪れる場面です。その時、光源氏は、隣家の塀に白い花が咲いているのに目を留めて、「をちかた人にもの申す」と独り言のようにつぶやきます（「うちわたす遠方人にもの申すわれ　そのそこに白く咲けるは何の花ぞも」（『古今集』）により、「そこに咲いているのは何の花だろう?」という意味になる)。そこは五条の陋屋《ろうおく》が立て込んでいる地域で、源氏がふだん生活している宮中などには見られない花が咲いているので、不思議に思ったのです。それに対して随身(身分の高い人の外出の折などに付き従うガードマン)が気を利かせて、「あれは夕顔という花です」と答えたのです。この時代、夕顔は下世話な花で、あまり身分の高くない家の垣根などにまとわりつくように咲いているものでした。そこで、随身のことばの「あやしき垣根」は、現代語としては、

粗末な(みすぼらしい)垣根。

というような訳が適切です。見下すようなニュアンスが感じられます。「あやしき賤の男」というような例も同じで、「身分が低い男・卑しい男」という訳語があてはまります。

＊＊ めざまし

「目・覚まし」が原義で、

目が醒めるほどすばらしい。

というプラスの意味になる場合と、

目をむくほど気にくわない。不快だ。

というマイナスの意味になる場合と、両方の場合があります。現代語では、「めざましい活躍」など

と、もっぱらよいほうの意味でしか使わないので、古文には後者の用法があることに注意しましょう。

［例文］

明後日《あさて》ばかりになりて、例のやうにいたくも更《ふ》かさで渡りたまへり。さやかにもまだ見たまはぬ容貌《かたち》など、いとよしよししう気高き様して、めざましうもありけるかなと、見捨てがたく、くちをしうおぼさる。

（『源氏物語』明石巻）

帰京が明後日ぐらいに近づき、（源氏の君は）いつものようにあまり夜も更けないうちにお出でになった。まだはっきりとはご覧になっていない女君のご容貌など、とても趣があり気品のある様子なので、思いがけないほどすばらしい人であったなと、見捨てがたく、別れを残念にお思いになる。

源氏の君は、都を離れて明石に流離しているときに、土着した受領の娘、明石の君と結ばれます。ここは、源氏に赦免の宣旨が下り、いよいよ最後に明石の君の許を訪れる場面です。もうお別れだという眼で、改めて女君の姿を眺めてみると、驚かされるほど魅力的だったということを、源氏は再認識させられるのです。この「めざましう」はよい意味で、

瞠目させられるほどすばらしい。

という感じです。ここでの明石の君の美質の再確認が、この人を手放すまいという決意を源氏にさせることにもなります。（→「くちをし」は136ページを参照）

［例文］

はじめより我はと思ひあがりたまへる御方々、めざましきものにおとしめそねみたまふ。

（『源氏物語』桐壺巻）

はじめから自分こそはと自負しておられた御方々は、（更衣を）めざわりなものだとさげすみ、お憎みになる。

有名な桐壺巻の冒頭の箇所です。身分が高くない更衣が帝の寵愛を独占しているのでは、当然他のお后たちは面白くありません。その更衣に対して、「なんなの？あの人は」と目をむくようにして嫉妬している、という悪い意味のほうの「めざまし」です。

＊＊ ゆかし

動詞「行く」の形容詞形で、

気持ちがある対象へ向かっていく。

というのが原義です。つまりは好奇心が動くという気持ちなので、訳語としては、**見たい。聞きたい。知りたい。**

など、文脈によって様々に訳し分けられます。

〔例文〕

とくゆかしきもの。……人の子生みたるに、男女とく聞かまほし。よき人さらなり。えせ者、下衆《げす》の際《きは》だになほゆかし。（『枕草子』一五三段）

早く知りたいもの。……人が出産した折に、生まれた子が男か女か、早く聞きたい。身分の高い人の場合は言うまでもない。つまらない者や卑しい者でさえも、やはり知りたい。

出産の折、生まれた子が男か女かが早く知りたい。その気持ちは今も昔も変わりません（もっとも現代では、生まれる前にもうわかってしまっていることも多いようですが）。「とくゆかしき」はそういう「どっち?どっち?」という気持ちを表していて、後文では同じことを「とく聞かまほし」と言いかえています。

［例文］

世の中に物語といふもののあんなるを、いかで見ばやと思ひつつ、つれづれなる昼ま、宵居《よひゐ》などに、姉、継母《ままはは》などやうの人々の、その物語、かの物語、光源氏のあるやうなど、ところどころ語るを聞くに、いとどゆかしさまされど、わが思ふままに、そらにいかでかおぼえ語らむ。

（『更級日記』）

世の中に物語というものがあるそうだが、なんとかして読みたいものだと思いつつ、無聊《ぶりょう》な昼間や宵の団欒の折などに、姉や継母といった人々が、あの物語、この物語、光源氏の生きようなど、断片的に語るのを聞いているうちに、いよいよ知りたさが募るけれど、自分が納得のいくようにどうして記憶で語ってくれることができようか。

少女時代、東国で暮らしていた作者は、姉や継母の口から、世の中にはいろいろなおもしろい物語があるということを聞き、なんとか読みたいものだと憧れを募らせます。しかし、手元には物語の草子がないため、耳にするのは記憶に頼った断片的な内容ばかり、そのことがますます作者の物語への興味をかきたてるというのです。「ゆかしさ」は「ゆかし」に「さ」がついて名詞になったもので、「読みたい」「詳しい内容が知りたい」という焦がれるような気持ちを表しています。

⑥ その他の重要な形容詞

あいなし・おどろおどろし・つつまし・かしこし・すさまじ

これらもしばしば出てくる形容詞なので、古語辞典を引いて意味を理解しておきましょう。繰り返し述べているように、ポイントは訳語に置き換えようとせず、ことばそのものの持つニュアンスや手触りを感じとろうとすることです。たとえば「あいなし」は、「何かと何かとが調和しない」という違和感を表すことばですが、文脈によってたぶん何十種類もの訳し方ができるので、訳語を憶えても無意味です。

現代語にはないことばでも、それぞれのことばのニュアンスを探っていけば、そういうことばで表したい気持ちが私たちの心の中にはあるということが実感できます。そのことばを使っている人（話者）のどういう気持ちを表そうとしているかをくみとるようにすると、一つ一つのことばが胸に響いてくるでしょう。

コラム　主体と客体

「あやし」が「不思議だ・奇妙だ」とも訳せるし、「粗末な・卑しい」とも訳せるというのは、一見不思議なことのように感じられるかもしれません。こうして比較すると、まったく別の意味のように思われるので。

先に説明したように、そういう感じを抱く主体の内面と、そういう感じを抱かせる対象（客体）とが明確に分離していない、ことばの上では一つになってしまうというところから、こういう使われ方が生まれるようです。そういえば、形容詞「かたはらいたし」にも類似した性格があります。現代語にも先の「さびしい」など、そのような使われ方をする語があることから考えると、これは日本語（やまとことば）に一般的に見られることなのかもしれません。英語のような言語では、主体（subject）と客体（object）とは文法構造上もはっきり別の要素で、その区別があいまいになるということはありえないはずです。

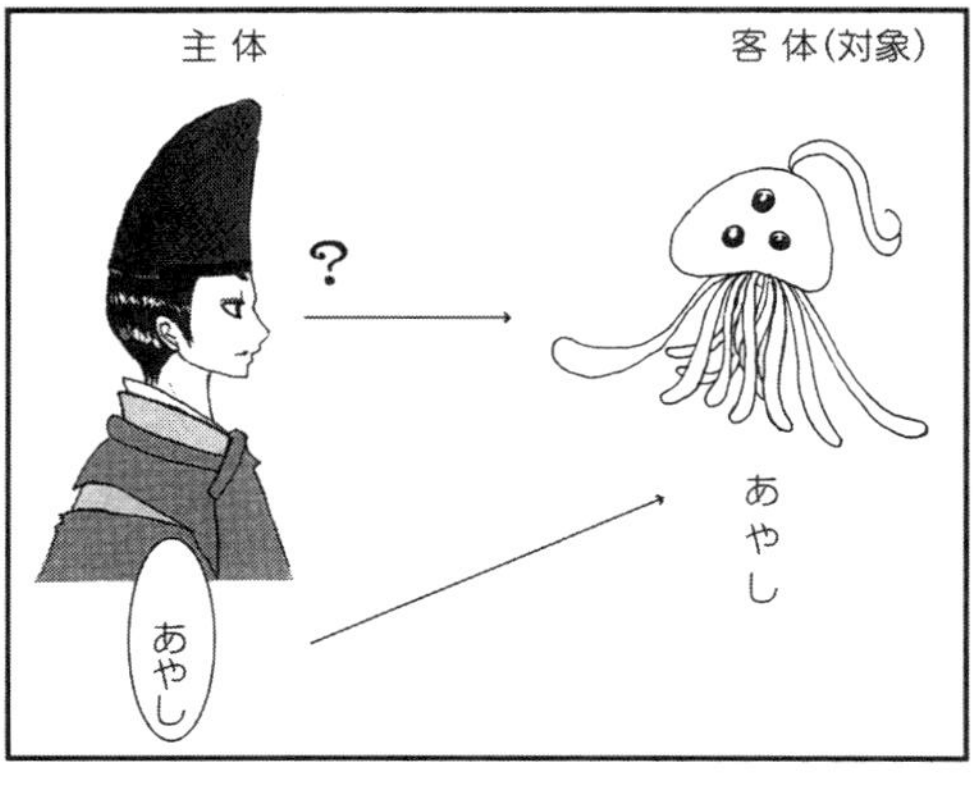

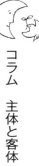

文末に見られる「いとあはれなり」というような表現が、話者の印象を表しているのか、そういう印象をもたらす対象や場面を表しているのかがあいまいになることがあります。こういうことから見て、こうした「やまとことば」の持つあいまいさが、一種の文学的効果を生んでいる場合があることがわかります。

現代的（西欧的？）な感覚で、「あいまいなのはよくないことだ」と考えて、情意の主体を明確に解釈しようとばかりしていると、原文の雰囲気から離れてしまうことになるかもしれませんね。

付録　形容動詞

物事の性質や状態を表すという点で、形容詞と性格が似ている品詞に、形容動詞があります。ここでは代表的なものを一つだけ取り上げてみます。

＊＊　あはれなり

「あはれ」はもともと、深く心を動かされた際に思わず洩れる声から発生したことばで、**しみじみと心を動かされる**。

という心情を表すことばです。よい意味でもあまりよくない意味でも用いられます。現代語の「あわれ」は「かわいそうだ」に近く、もっぱらよくない方の意味で使われますが、古文では、感動を表すよい意味で用いられることのほうが多いようです。

[例文]

秋は夕暮。夕日のさして山の端《は》いと近うなりたるに、烏《からす》の寝どころへ行くとて、三つ四つ、二つ三つなど飛びいそぐさへあはれなり。まいて雁《かり》などのつらねたるが、いと小さく見ゆるは、いとをかし。日入りはてて、風の音、虫の音など、はた言ふべきにあらず。

(『枕草子』初段)

秋は夕暮。夕日がさして山の稜線にとても近づいている時分、烏が寝ぐらへ行くということで、三羽四羽、また二羽三羽などと、急ぎ飛んでいく光景はしみじみと胸にせまってくる。まして、雁などの列をなしているのが、とても小さく見えているのは、すてきな感じだ。日がすっかり沈んでしまったあと、風の音や虫の声などが聞こえるのは、またなんとも言い表しようのないものである。

『枕草子』の有名な冒頭、「春はあけぼの」の続きです。夕陽が西の山近くに傾く頃、ねぐらへ急ぐ烏の群れが、すこしずつかたまって飛んでいく様子を見ていると、「ああ、一日が暮れるのだな」と、しみじみとした感動が胸に湧き起こります。

しみじみと胸に迫ってくる。

というように訳すことができるでしょう。次の文の、雁が列をなして飛んでいくのが小さく見えるという情景は、「をかし」と形容されています。鳥がふつうはあまり情緒のないものと見られているのに対して、雁は歌などにも詠まれ、文学的教養と結びつくものです。そうした微妙な違いが、そこに表れているのかもしれません。

（→「をかし」は125ページを参照）

先にも述べたように、「あはれ」は、もともと深く心を動かされたときに発せられることばが起源なので、「あはれ」だけで感動詞のように用いられることがあります。

［例文］

八月十五夜、隈なき月影、隙《ひま》多かる板屋《いたや》残りなく漏り来て、見ならひたまはぬ住まひのさまもめづらしきに、暁近くなりにけるなるべし、隣の家々、あやしき賤《しづ》の男《を》の声々、目覚まして、「あはれ、いと寒しや」、「今年こそなりはひにも頼むところすくなく、田舎の通ひも思ひかけねば、いと心細けれ。北殿こそ、聞きたまふや」など言ひかはすも聞こゆ。

（『源氏物語』夕顔巻）

八月十五夜、明るい月の光がすき間の多い板屋からすっかり差し込んできて、見慣れない住まいの有様が実に興味深いのだが、暁近くになったのであろう、隣の家々の卑しい男たちの目を醒ます声が聞こえ、「ああ、なんと寒いことよ」「今年は商売もさっぱりだし、田舎通いもあてにならないから、まことに心細いことだ。北殿さん、お聞きですか」などとことばを交わすのも聞こえる。

これは、夕顔という女の住む陋屋に光源氏が通い、逢瀬を重ねる場面です。場末の小家なので、隣家との距離も近く、近所の人々が交わす会話などまで聞こえてくる、それが源氏のような高い身分の人にはかえってもの珍しくて面白いのです。ここで源氏の耳に聞こえてくる「あはれ、いと寒しや」という隣人のことばは、「ああ、ほんとうに寒いなあ」と訳すことができます。「あはれ」は感動詞で、寒さに耐えかねた男のうめき声のようなことばなのです。

(→「あやし」は160ページを参照)

この他に、重要な形容動詞としては以下のようなものがあります。それぞれ古語辞典を引いて、楽しみながら微妙なニュアンスを確かめてみてください。

あてなり・おろかなり・きよらなり・つれづれなり・まめやかなり

「あてなり」には「あてはかなり」、「きよらなり」には「きよげなり」のように、似ているけれど微妙なニュアンスの違いのあることばがあります。読み慣れてきてからでいいので、それらの類義語についてもニュアンスの違いに興味を向けてみましょう。

第三章　小さくて、思いのこもっていることば

——助動詞、ついでにちょっと助詞

学校文法では、助動詞や助詞のことを、「自立語」のように独立して一文節になれない「付属語」と規定しています。そういう説明を聞くと、助動詞や助詞よりも動詞や形容詞などの「自立語」のほうが大事だと勘違いしてしまう人もいるかもしれません。

それはいうまでもなく誤りです。文の意味を理解するためには、助動詞や助詞の働きを理解することは必須です。そういうこまかいところにこそ、文章の微妙なニュアンスがこめられているのです。

来《き》つらむ方も見えぬに、猫のいとなごう鳴いたるを、（『更級日記』）

この例文の傍線部「ぬ」が「打消」なのか「完了」なのかを区別することは、この文を理解するためにはとても重要です。文章を正しく読むためには、助動詞や助詞の働きをできるだけ正確に理解しておくことはどうしても必要です（「打消」が正解）。

では、助動詞を学ぶ際に留意すべきこととは何か?

現代語の例で考えてみましょう。

「くだらない」ということばがありますね。「そんなくだらない番組ばかり見るな」という、マイナスの評価を表すあれです。これは江戸時代にできたことばらしく、江戸初期には京・大坂など上方のほうが江戸より文化が高く、京・大坂からもたらされた文物を「下りもの」などといって珍重したそうです。そこから、京・大坂からもたらされたのではないものを「下りものではないもの」といって軽んじたところから、「くだらない」という言い方が定着したといわれています。

現代の私たちは、そのような語源を知らずに「くだらない」ということばを使っています。でも、「くだらない」が「くだる」＋「ない」だということは意識していて、「くだる」は下降することなのであまりいい意味のことばではないということも知っています。それならば、「くだる」を「ない」で打ち消せば良い意味になりそうなものですが、「くだらない」は全体として悪い意味になります。一見すると不思議なようですが、私たちはそれを奇妙だとは思っていません。

こういうことばの使われ方を見ていると、「ない」は「打消」の助動詞だと言われていますが、必ずしも上のことばを打ち消しているのではなく、「くだる」ことに対する話者の否定的な気持ちを表しているのではないかということに思い至ります。

（なお、「くだらない」の語源については、「くだる」は「意味が通る」ということで、それを打ち消しているので、「読んでも意味が通らない」という否定的な意味のことばができたという異説があります）

同じようなことは、「つまらない」についても言えそうです。「つまる」は「煮詰まる」「行き詰まる」など、あまりいい意味ではないことばですが、それに「ない」がついても、全体として悪い意味のままで、「ない」は「つまる」を打ち消しているわけではなく、「つまっている」ことに対する話者の否定的な気持ちを表しているだけとも考えられます。

このように、一般に助動詞の働きといわれているものは、ことばそのものが備えている機能という以上に、そのことばを発する話者の気持ち、主観を担っているものだと考えられます。それは古典文法でも基本的に同じです。助動詞の働きには、「推量」だとか「自発」だとか、いろいろな名称が付けられていますが、それらはみな、そこに反映されている話者の気持ちを表しているのだと考えてみてください。

そうすれば、今まで無味乾燥なものに感じられてきた「助動詞のお勉強」が、話者の豊かな心の表現に触れるものだということが分かって、いっそう楽しくなるはずです。

さて、頭を切りかえたところで、助動詞のおさらいを始めましょう。

ここでは、全部の助動詞を扱うことはしません。働きに共通性のあるものが多いので、憶えやすいようにそれらをカテゴライズする形で簡略に説明していきます。一つ一つの助動詞に話者のどのような気持ちが籠められているかに注意を向けつつ、読みすすめてください。

一　推量系の助動詞

＊＊む・らむ・けむ

「む」＝未来に起こる事柄に対する、話者の判断を表す。
「らむ」＝現在起こっている（だろう）事柄に対する、話者の判断を表す。
「けむ」＝過去に起こった事柄に対する、話者の判断を表す。

a　花咲かむ。（花が咲くだろう）
b　花咲くらむ。（花が咲いているだろう）
c　花咲きけむ。（花が咲いただろう）

この三つは時制の違いだと考えればいいでしょう。aは未来において「花が咲く」という事態が生じるだろうことを話者が予測しているということ。bは現在「花が咲く」という事態が起こっていることを話者が推測しているということ（話者に見えないところで花が咲いていることになります）。cは過去において「花が咲く」という事態が存在したということを話者が推測しているということです。
古典文法の教科書を見ると、「む」の項には「1　推量」「2　意志」「3　適当・勧誘」「4　仮定・婉曲」などと書いてあります。それだけ見ると、「む」には4種類から6種類の異なる働きがあるように見えますが、そうではありません。「む」という助動詞が持っているのは、

未来に起こる事柄に対する、話者の判断を表す。

という一つの働きだけです。

1　花咲かむ。（花が咲くだろう）

2　我行かむ。（私は行こう）

3　汝、言はでありなむ。（君は言わないほうがいいよ）

4　花咲かむをりに見にいかむ。（花が咲いたら見に行こう）

これらの「む」の使い方は、基本的にはみな同じです。ただ、1は「花」が主語だから「だろう」と訳し、2は「我」が主語だから、「私が行くだろう」では現代語としておかしいので「～（し）よう」と訳し、3は「汝」が主語だから、「あなたは言わないんだろう？」というのは要するに「言わないほうがいいよ」とうながしているのであり、4は文末でなく文中に出てくるから「～のような」「もし～したら」と訳しているだけです。つまり1～3の違いは、主語が三人称か一人称か二人称かの違いによって生じる「訳し方」の違いで、「む」の働きそのものには違いはないのです。4も文中

だと将来起こるかどうか不確実な感じが強くなるので、仮定的に訳した方がいいというだけで、「花が咲くだろうときに〜」と訳しても間違いというわけではありません。

＊＊　じ・まじ

「む」の働きに打消をともなったものです。

法師ばかりうらやましからぬものはあらじ。（『徒然草』一段）
法師ほどうらやましくないものはないだろう。

「あはれなりつる心のほどなむ、忘れむ世あるまじき」（『更級日記』）
「やさしくしてくださったあなたのお気持ちは、いつまでも忘れることはありますまい」

＊＊　べし

「べし」も「む」と同じく、

これから起こる事柄について予め判断しておく。

という気持ちを表す表現です。用法は「む」と重なりますが、「様々なことから判断して、当然そうなるはずだ、必然的にそうなるはずだ」というニュアンスが強いので、「む」よりも確信の度合いが強いと言えます。

1　推量（だろう・そうだ）
2　意志（し）よう・するつもりだ）
3　適当・勧誘（～するほうがよい）
4　命令（～せよ）
5　当然（～するはずだ・～せねばならぬ）
6　可能（～することができる）

「あないみじ。犬を蔵人二人して打ちたまふ。死ぬべし。」（「死ぬべし」の主語は犬＝三人称）
（『枕草子』七段）

「ああ大変です。犬を蔵人が二人でもって打擲しています。（このままでは）死んでしまうでしょう」

「おのれ死にはべりぬとも、とかく例のやうにせさせたまふな。しばし法華経誦《ず》じたてま

つらむの本意《ほい》はべれば、かならず帰りまうで来《く》べし」（主語は私＝一人称）（『大鏡』伊尹伝）

「たとえ自分が死んでも、常の作法に従って葬送を行わないでください。しばしこの世で法華経を称えたいと思いますので、必ず帰って参りましょう」

＊＊めり・なり

「めり」は「見・あり」が語源といわれ、主に視覚的な情報に基づく推量の表現です。

雨降るめり。

は、「雨が降っている」という状況を目の前に見ているので、推量する必要はありませんが、あえて推量表現にすることで、自分の判断を柔らかく述べているというニュアンスになります。現代語でも、現に雨が降っているのを目撃しても、一緒にいる人が傘を持っていないかもしれないことに配慮して、「なんだか雨が降っているみたいよ」と遠慮がちにいうことがありますね。この「めり」は、推量の形をとった一種の婉曲語法と見ることができます。

「なり」は、ここでは終止形につく「なり」のことですが（連体形につく「なり」は「～だ」と断定する口調を表すことばで、別の語です）、「音《ね》・あり」が語源だといわれており、聴覚的な情報に基づく推量表現です。

また聞けば、侍従の大納言の御むすめ、亡くなりたまひぬなり。（『更級日記』）

また聞くところによると、侍従の大納言の姫君が、お亡くなりになったそうだ。

これは、「侍従の大納言の娘が亡くなった」ということを人づてに聞いたので、「亡くなったそうだ」と伝聞的に述べているのです。

「めり」＝視覚による推量

「なり」＝聴覚による推量

とセットで憶えておくといいでしょう。

＊＊らし

「む」が漠然と推量するのに対して、「らし」は何か確実な根拠があってそう推量する場合に用いられます。「〜らしい」と訳され、「推量」の訳し方と区別するために「推定」と呼んだりしていますが、そういう呼び方はどうでもいいことです。要は、ことばのニュアンスの違いが正しくわかっているかどうかです。

この川にもみぢ葉流る奥山の雪消《ゆきげ》の水ぞいままさるらし　（『古今集』冬　詠み人知らず）

この川にもみじ葉が流れている。奥山の雪どけ水が今こそ水かさを増しているのだろう。

季節は冬、目の前の川を紅葉した葉が流れていく。そのあたりの紅葉はすっかり散ってなくなっているのに、今ごろ流れてくるのはどうしてだろう。奥山の雪が融けかかって、その雪解け水が雪に閉ざされていた紅葉を押し流してきたのだろう。そんな意味です。このように、「らし」を用いる場合には、判断の根拠となっている事実まではっきりと書き記されている場合が多いので、それを目安にニュアンスをつかむといいでしょう。

＊＊まし

実際には起こっていないことを、「もしそうだったとしたら、こうだっただろう」と仮定してその結果を推量する働きをすることばです。文法的には「反実仮想」と呼ばれています。

今日来ずは明日は雪とぞ降りなまし消えずはありとも花と見ましや（『古今集』春上　在原業平）

今日来なかったならば、明日には花は雪のように散ってしまっていただろう。花びらが消えずに地表に残っていたところで、それを花と思って見ることができるだろうか。

春の花を賞美する歌です。上の句の「もし今日来なかったとしたならば」というのが現実に反する仮定、「明日は雪のように（花が）散ってしまっていただろう」というのがまだ起こっていないことを仮定する言い方です。下の句では「たとえ（散った花が）消えずに残っていたとしても」というのが仮定、「それを花だと思ってみることができるだろうか」というのが反語的な推量です。要するに、「今日ここまでやってきて、花を見ることができてよかった！」という感動を表現した歌です。

このように、「まし」を用いてわざと現実に反することを仮定してみるというのは、「実際にはそうならなくてよかった」という感動や安堵の気持ちを強調する表現になっています。

また、

これに何を書かまし。

これに何を書いたらいいだろうか。

のように、「ためらう・躊躇する」気持ちを表す用法もあります。この用法は、疑問を表すことばと併用される疑問推量の一種ですが、自分がどうしていいかわからずとまどっている気持ちを、疑問推量の形で表現するものです。

二　「た」と訳せる助動詞

僕の父親は教師だった。

このように文末に来る「た」という助動詞は、ふつう「過去の助動詞」と呼ばれています。「僕の父親は教師だった」という文は、僕が子供のころ、父親は教師という職業に就いていた、でも今はもう教師をしていない（あるいは亡くなっている）ということを意味しています。今はもう存在しなくなった過去の事象を述べているので、「過去」を表す助動詞と言われるのです。

英国のミステリー作家、コリン・デクスター（一九三〇－二〇一七）の作品の中に、モース主任警部とその部下、ルイス部長刑事の面白いやりとりが出てきます。死体の身元について、ルイスが報告している最中、「そして、彼は扁平足でした」というと、ことば遣いにうるさいモースがすかさず、「彼は今でも扁平足なんじゃないのか?」とつっこむのです。

ルイスは、死者の職業や病歴などを過去形で語っていて、その延長線上でつい、「扁平足でした」と過去形を使うのですが、モースは、「扁平足である」という事実は死体になっても変わるわけではないから、過去形を使うのはおかしくないか？　とつっこみを入れているわけです。

英語のような言語では、それが過去のことであるか現在のことであるかは厳然とした違いなので、過去形と現在形とは明確に区別しなければなりません。

しかし、日本語という言語には、明確な過去形というものが存在しないようです。もっというと、「時制」（テンス）という概念にあたるものが、英語のようにははっきりとしていないらしいのです。「た」にしても、人とぶつかりそうになって「ああ、びっくりした」と言う時や、失敗したことに気づいて「しまった！」と叫ぶ時の「た」は、明らかに過去の表現ではありません。


クララが立った！


これも、車椅子の少女クララが立ち上がったその瞬間に、ハイジが叫んだことばで、過去の出来事を表してはいません。

同じ「た」という助動詞が過去のことを表す場合もあれば、そうでないこともある、英語などではありえないこうした現象の中に、日本語ということばの特徴があります。

古語で言うと、「き」という助動詞があります。普通「過去の助動詞」と呼ばれています。でも、後で述べるように、過去のことではないことを表す場合もあり、本当は「過去の助動詞」と呼ぶのは必ずしも適切ではありません。

そこでここでは、「できた！」と叫ぶ時の「た」と同じ働きといわれる「ぬ」「つ」「たり」「り」（これらは「完了の助動詞」と呼ばれます）などと一括して、「た」と訳せる助動詞として一括して扱うことにします。

そんな説明の仕方をしている文法書は、たぶんないと思いますが、一括してとらえることによってそれぞれのことばのニュアンスの違いを意識することになり、文章を読み味わうためのことばの学習としては有効であるはずです。

＊＊き・けり

き　＝直接経験の過去
けり＝間接経験の過去

「き」と「けり」との違いは、普通右のように説明されています。

a昔、男ありき。
b昔、男ありけり。

aは、「昔、男がいた」という事実を伝える、もしくはその男を話者自身が直接知っている、というニュアンスになります。bは、「昔、男がいた」という事実、もしくはその男を話者自身は直接は知らず、ただ伝え聞いている話として話題にしている、というニュアンスになります。
「き」と「けり」との違いは、この説明で切り抜けられることも多いのですが、それでも、ひとつながりの文章の中に「き」と「けり」とが混在している場合もあり、直接経験か間接経験かでうまく説明できない使い方もたくさんあります。

黒戸《くろと》は、小松の御門《みかど》、位につかせたまひて、昔、ただ人におはしましとき、まさなごとせさせたまひしを忘れたまはで、常にいとなませたまひける間なり。御薪《かまき》にすすけたれば、黒戸といふとぞ。（『徒然草』一七六段）

黒戸は、小松の御門（光孝天皇）が即位された後、昔、臣下でいらっしゃったときに炊事などをなさっていたことをお忘れにならないで、あいかわらず同じようにしていらっしゃった部屋である。炊事の時の薪で煤けているので、黒戸と呼ばれているということだ。

光孝天皇（八三〇～八八七）は長年親王として過ごし、晩年になってからにわかに推戴されて天皇になった人です。内裏にある黒戸の間という部屋がなぜそう呼ばれるのかを、その光孝天皇と結びつけた故事として説明した話です。ここではその光孝天皇を話題にする際に、「ただ人にておはしましとき」「まさなごとせさせたまひし」と、「き」が用いられています（「し」は「き」の連体形）。しかし、光孝天皇は九世紀の人で、これを書いている兼好法師の時代からは五百年近く昔の人です。この「き」は「直接経験の過去」という捉え方では説明できません。また、同じ光孝天皇の事績が、このあとのところでは「常にいとなませたまひける」と、「けり」を用いて述べられています。このような例を見ると、「き」と「けり」は直接経験か間接経験かで使い分けるという説明は、少なくとも一面的で正確さを欠く説明だということが分かります。

また、「けり」には、

けり＝詠嘆

という用法があると説明されています。

「よべは隠れ忍びてあるなりけり。」　　（『枕草子』七段）

（翁丸という犬が）「夕べは隠れていたのだな。」

これは、翁丸と呼ばれ、宮中で飼われていた犬が、ひどく打擲されたため、密かに戻ってきてからも別の犬のように振る舞っていたのを、作者が同情することばを口にしたのを聞いて涙を流したため、翁丸自身であることがわかった、という文脈です。

昨夜は呼んでも知らん顔をしていたのだが、あれはわざと正体を隠していたのだな。

という意味です。このように、「けり」には、

はじめてあることに気づいて、はっとする気持ち。

を表す用法があり、それを「詠嘆」と呼んでいます。また、

家主なれば、案内知りて開けてけり。（『枕草子』六段）

は、平生昌という男が、夜、女房たちの寝室を訪れるという無作法を犯したという逸話の中に出てくることばで、やってきたばかりか、相手の承諾も得ずに戸を開けてしまった、という意味になります。

このように、

よくないことをやってしまった。

と慨嘆する気持ちを表す場合も「詠嘆」の用法に含まれます。「あーあ、やっちゃったよ」という話者の慨嘆する気持ちが籠められているのです。

注意したいのは、「けり」に「間接経験の過去」と「詠嘆」という二つの用法があってこの場合はどちらにあてはまるか、というような悩み方をしないことです。

繰り返し述べているように、一つのことばにまったく違う複数の意味があるというようなことは原則的にありえません。助動詞の場合も同じことで、一つの助動詞にまったく違う別の働きがあるということはありえないはずです（別の働きは、別の助動詞が受け持つはずでしょう）。「間接経験の過去」と「詠嘆」という別の機能のように見える働きに共通するものは何か。このあたりは、文法学者の間でも議論が続いているところなのですが、あえて私見を述べれば、両者に共通するのは「心理的な距離感」だと思います。それまで意識していなかった昔のこと、遠い出来事を話題にのぼせる時に、

昔、男ありけり。（『伊勢物語』）

というように「けり」を使います。また、それまで意識の中になかったことをはじめて意識した時にも、

「よべは隠れ忍びてあるなりけり。」（『枕草子』七段）

「夕べは人に見つからないように隠れていたのだな」

というように「けり」を使います。

これらの使い方は、まったく別のものというわけではなく、共通するところがあります。ひと言で言えば、「けり」は、

それまで意識していなかった事柄についてアクセスする気持ち。

を表すことばだということができます。その際に、単に新しい情報が入ってくるという感じの場合と、新しい情報をある種の驚きを持って迎える気持ちを含んでいる場合との違い、いわば「すっ」と入ってくる場合と「どん！」と入ってくる場合との違いがあり、それを「間接経験の過去」と「詠嘆」と呼んで区別しているだけなのです。

だから、両者はそれほど厳密に区別する必要はありません。ただ、現代語訳しようと思ったら、前者は「た」、後者は「～だったのか」「～してしまったのか」等のように、訳し分けたい気持ちになります。特に「詠嘆」の気持ちの深い「けり」を意識して読むことは、話者の語り口のニュアンスをつかむ上で大切なことです。

「た」と訳しただけでは落ち着かないような「詠嘆」の気持ちの深い「けり」は、多くの場合、「にけり」「てけり」「なりけり」のように、他の助動詞とセットで使われています。そのことが「ただの「けり」じゃないですよ」という信号になっているのです。

なお、和歌の中で用いられる「けり」は、ほぼこの詠嘆のニュアンスを含むと考えて間違いありま

せん。和歌は「いま」の心情を表す表現で、「昔、男ありけり」のように遠い過去のことを話題にすることはないためです。

ふるさとなりにし奈良の都にも
色はかはらず花は咲きけり
（『古今集』春下　紀貫之）

廃都となりさびれてしまった奈良の都にも、昔の色とかわらず花は咲いたのだなあ。

コラム　直接経験と間接経験

現在、学校文法で教えられている「き」と「けり」との違いは、戦前に、細江逸記という人が、「き」＝目途回想、「けり」＝伝聞回想、と定義したことに基づいています。とてもわかりやすい区別なので、これが基準となる定義として学校文法でも採用されたのでしょう。しかし、実際の用例に照らしてみれば、この定義には多くの問題があり、不正確なものであることは、先に述べた通りです。細江逸記はもともと、国語学者ではなく英語学者でした。英語学者である細江にとっては、過去という時制があることは自明の前提だったのでしょう。けれども、日本語において時制が存在するのかどうかがはっきりしないということになると、そもそも「き」と「けり」とが「過去の助動詞」としてセットの関係にあるのかどうかも疑わしくなります。文法書に書かれている説明も、それが絶対的に正しいと信じ込まず、いま目にしている助動詞がどのような機能を負っているのかを、自分の感覚で探ってみたほうが、読む楽しみはいっそう増すのではないでしょうか。

『野菊のごとき君なりき』とか『父ありき』とか、文語体の映画のタイトルには「き」が用いられているものがあります。こういう場合の「き」は、単なる「過去」ではなく「詠嘆」の気持ちを含んでいるということは、誰でもなんとなく感じとっているのではないでしょうか。

＊＊ぬ・つ

この二つは「完了」の助動詞と呼ばれています。「完了」というのは、事態が完全に終わった、終止した、という意味です。

花咲きぬ。

これは、「花が咲く」という事態が完了した、という意味なので、

花が咲いた。

と訳せます。注意したいのは、

「はや舟に乗れ。日も暮れぬ」（『伊勢物語』）

のような用法があることです。これは、

早く舟に乗ってください。そうしないと、日が暮れてしま

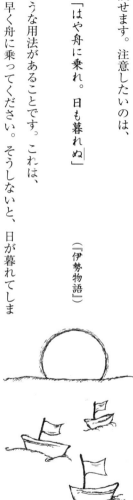

います。

という意味なので、いわば「未来完了」にあたります。「た」と訳せても、「過去」という時制とは別のものだということがわかりますね。

「つ」もだいたい同じ用法で、「た」と訳せます。

でも、まったく同じなら二つの助動詞が存在する意味がないので、用法に違いはあります。「ぬ」は、

花咲きぬ。

風立ちぬ。

のように、自然な現象や推移を表す動詞につく傾向があります。「つ」は、

見つ。

言ひつ。

のように、能動的な行為を表す動詞につく傾向があります。またそれとも関係するのでしょうが、「ぬ」よりも「つ」のほうが語勢が強いというような違いもあるようです。

「言ひぬ」という言い方は、あまり見かけません。「言ふ」という行為は意志的なものなので、そういう語には「ぬ」はつきにくい。そう理解したうえで、同じく意志的な行為である「見る」にまつわる次の用例を見てください。

（男）「この奉る文を見たまふものならば、たまはずとも、ただ「見つ」とばかりはのたまへ」とぞいひやりたる。されば、「見つ」とぞいひやりける。

（『平中物語』）

（男が）「この手紙を御覧になったのでしたら、返事をくださらないまでも、ただ「見ました」とだけでもおっしゃってください。」と言ってやった。それで、（女は）「見ました」と書いてやった。

男は、女に何度も文を贈って求愛していた。ちっとも返事が来ないので、男はせめてひと言だけでも返事をしてくださいという意味で、「「見つ」とばかりはのたまへ」と言ったのです。そこで女は「見つ」とだけ書いてよこしました。この「見つ」のぶっきらぼうな感じがおもしろいですね（この「つ」は「強意」といってもいいでしょう）。女はこの男にまったく関心がないのです。

「ぬ」も「つ」も「た」と訳せばいいんだと単純に考えないで、そのニュアンスの違いを味わい分けるようにすると、こんなにおもしろいことが見えてきます。

＊＊たり・り

「たり」はもともと「て・あり」即ち「〜している」というのが縮まって出来た語です。従って、「ある状態が継続している」という感じを表すのが本来の働きです（「存続」と呼ばれています）。

花咲きたり。

花が咲いている。

これは、「花が咲く」という状態が継続していることを表しているので、と訳せます。「花が咲く」という状況は、そのうちに変化する、即ち散ったり萎れたりしてしまいますから、「今の時点では咲いている」ということになりますが、たとえば、

瓜にかきたるちごの顔。（『枕草子』）

では、「瓜にちごの顔が描いてある」という状況はもうそれ以上変化しないので、「瓜に書いてある」

とも「瓜に書いた」とも訳せます。このように、継続する事態がそれ以上変化しない場合、事態として完了していると見なして「〜た」と表現することもできるので、この「た」という訳し方のことを「完了」と呼んでいます。

「存続」と「完了」とは、「〜ている」と訳すか「〜た」と訳すかの違いだけで、これも別の働きというわけではありません。

もう一つの「り」は、「花咲きあり」（花が咲いている）が「花咲けり」というように縮まり、「り」だけが分離してできた助動詞です。ゆえに、もともとは「あり」という動詞から生まれた「存続」を表すことばです。

「たり」と「り」とはほぼ同じ働きで、ただ「り」は四段・サ変の動詞につき、「たり」はその他の動詞の連用形につくという接続の違いがあるので、二つの助動詞に分けられています。

以上、「き」「けり」「つ」「ぬ」「たり」「り」はみな「た」と訳せる助動詞ですが、それらの間には微妙な使い分けやニュアンスの違いがあります。そこに話者のどのような感情が籠められているかを味わい分けることが大切です。

三　「る」「らる」は紛らわしい？

＊＊る・らる

助動詞「る」「らる」には、「受身・可能・自発・尊敬」の四種類の働きがあるとされています。しかしこれも、ひとつのことばに何種類もの違った働きがあるという不思議な信仰に基づく誤解です。

助動詞「る」「らる」の本来の働きは、

（意識してそうしようとしなくても）ひとりでにそうなってしまう。

という状態を表すものです。これを「自発」と呼んでいます。

住み慣れしふるさと、かぎりなく思ひ出でらる。（『更級日記』）

住み慣れたもとの家が、この上なくなつかしく思い出される。

自宅が火事で焼けたため、新しい住居に移った後の記事。「思ひ出でらる」の「らる」は、もとの家のことを思い出そうとしているわけではないのに、ひとりでに心に浮かんできてしまう、という気持ちを表しています。これが「自発」と呼ばれる働きです。

一方、日本語の発想では、何かが実現したとき、それを自分の力で可能になったと表現することはあまり一般的ではありません。人の力によってそうなったというのではなく、自然にそうなったという現象としてとらえるほうが、古代人の感性にフィットしていたようです。それで「〜できた」というべきときにも、「自然にそうなった」と表現することになります（現代語の「できる」ももともと「出で来る」の意味で、「ひとりでにそういう現象が出来する」という捉え方を表しています）。むかしの人の感性では、「自発」と「可能」は重なるところがあるのです。

冬はいかなる所にも住まる。

冬はどんなところにでも住むことができる。

（『徒然草』）

これは「住まいは夏のことを考えて造作すべきだ」という作者の考えに基づく発言で、夏の暑さは耐え難いが、冬の寒さはどうにでもして対抗することができるということを言おうとしています。

「る」は、現代語訳すれば「住むことができる」となりますが、もともとは「住むことが自然に成り立つ」というニュアンスでしょう。

ただし、古文では「可能」の用法は右のような形で用いられることは少なく、多くは打消の語を伴って「不可能」の意味で用いられるようです。

また、同じ「そうなる」でも、他からの働きかけの結果、自ずからそうなってしまったというときには、「自発」と「受身」は接近します。

「問ひつめられて、え答へずなりはべりつ。」（『徒然草』二四三段）

「（子どもに）問いつめられて、とうとう答えることができなくなってしまいました。」

こういう場合の「られ」は、現代語の「～（さ）れる」という「受身」の用法に近いですが、もともとは他の人（この場合は「子ども」）からの働きかけでひとりでにそういう状況に置かれる、というニュアンスなので、もとになっているのはやはり「自発」の気持ちです。この「受身」に解釈できる用法の場合、主語はたいてい人間かそれに準ずるもので、

窓が開けられた。

という類の無生物主語の「受身」表現というのは、古文ではほとんど見られないようです。無生物主語の受身文は、翻訳語の文体なのでしょう。私たちは、「窓が開けられた」式の言い方を普通に使いますが、もともと日本人にはそういうふうに事態をとらえる発想がないのですね。

現代人と昔の人との発想の違い、古典文法を学ぶと、こういうおもしろいことが見えてきます。

また、自らそうしようとしなくても、周りがそうはからうために自然とそうなってしまう、というのは身分の高い人について起こることなので、「自発」は一種の敬語表現、「尊敬」にも接近します。

四十の賀、九条の家にてせられける日、

四十歳の賀宴を、九条の家でなさった日に、

（『伊勢物語』九七段）

「四十の賀」は四十歳を記念して行われるお祝いで、ここで祝われているのは、後に関白となり大きな権力を握った藤原基経（八三六〜八九一）。「られ」は「尊敬」ですが、もともとは当然そうなるべきものとして行われたというニュアンスです。

このように、助動詞「る」「らる」に「自発」の働きを基本としつつ、文脈によって微妙に違って見える用法が派生してきます。受験文法では、その働きの違いを識別することがさも大事であるかの

ように教えられていますが、大人の対応としては、あまり用法の違いに神経質にならないことをお勧めします。

助動詞「る」「らる」の働きの違いは、文脈から自然に感じ取れる範囲で受けとめておけばよい。

四　願望の表現

古文では、何かを希求する（望む）という願望の表現が発達しています。願望の表現は助動詞と助詞にまたがっているので、普通は別々に扱われていますが、ここでは併せて理解してしまいましょう。

ア　願望の助動詞

＊＊　たし・まほし

「たし」は現代語の「〜（し）たい」につながることばで、「まほし」は「まく欲し」が縮まったもの、英語の'want to〜'にあたります。

「ただ今御所にて、『紫の朱《あけ》奪ふことを悪《にく》む』といふ文を御覧ぜられたきことありて、御

本を御覧ずれども、御覧じ出だされぬなり」（『徒然草』二三八段）

「たった今、東宮様が、『紫の朱奪ふことを悪む』という章句を御覧になりたいことがあって、御所持の本を御覧になるけれども、見つけることがおできにならないのです。」

名取川。いかなる名を取りたるならむと、聞かまほし。（『枕草子』六〇段）

名取川。どんな評判をとっているのだろうかと、聞きたい気がする。

イ　願望に関わる助詞

文末に来る助詞にも、願望に関わる多様なことばがあります。

＊＊ばや・なむ

ばや＝話者自身の希望を表す。

なむ（未然形接続）＝他者に「こうしてほしい」と希望する気持ちを表す。

ただ今、参り来ばや。（『和泉式部日記』）

今すぐにでも、参上したい。（『更級日記』）

いつしか梅咲かなむ。

早く梅が咲いてほしい。

＊＊「がな」族

終助詞の「がな・もがな・てしがな・にしがな」をまとめて、「がな」族の終助詞と呼ぶことにします。これらは多くの場合、願ってもかないそうもないことを願望する気持ちを表します。

世の中にさらぬ別れのなくもがな千代《ちよ》もと嘆く人の子のため（『古今集』雑上　在原業平）

世の中に死別というような悲しいことがなければいいのに。親がいつまでもいてほしいと願っている人の子のためにも。

＊＊ な〜そ

願望とは逆に、相手を制止する気持ちを表します。文末に「な」を使う「〜するな」という言い方は現代でも使いますが、その「な」を前に持ってきて、文末に「そ」という柔らかいことばを添えるのが「な〜そ」という言い方です。「禁止」というと強く聞こえますが、もっと柔らかく、「どうか〜しないでください」と懇願する気持ちに近い表現です。

「あが君、生き出でたまへ。いといみじき目な見せたまひそ」
（『源氏物語』夕顔巻）

いとしいあなた、息を吹き返してください。私をこんなつらい目にあわせないでください。

絶命した夕顔に、源氏が語りかけることばです。懇願するような口調に、源氏の君の混乱と悲嘆が表れています。

最後に、よく使われる助動詞の一覧をあげておきます。話者のどのような気持ちがそこに籠められているかに注意しつつ解釈に生かすようにしましょう。

よく使われる助動詞とその働き

る・らる（受身・可能・自発・尊敬）

す・さす・しむ（使役・尊敬）

ず（打消）

き・けり　つ・ぬ・たり・り（「た」と訳せる助動詞）

む・らむ・けむ・めり・らし・べし・なり（終止形接続）・まし（推量系）＋じ・まじ（打消推量）

たし・まほし（希望）

なり（体言・連体形接続）・たり（断定）

第四章　敬語は難しくない

『妾馬（めかうま）』という落語があります。

町人の娘がお大名に召し抱えられ、殿様のお手がついて跡取りを生んだ（ごくまれかもしれませんが、こういうことは実際にあったようです）。兄の八五郎がお目通りを許されたが、職人なので殿様の前に出てもことば遣いを知らない。心配した大家さんが、「いいか、ことば遣いをていねいにするんだぞ。ものの頭に「お」をつけて、最後に「たてまつる」をつけるんだ」と教えて聞かせます。殿様の前に出た八五郎は、さっそく、「ええ、お殿様でござりたてまつりますか。お私こと、お八五郎様と申したてまつります」とやって、殿様は、「あの者の申すことは、余にはさっぱりわからぬ」と頭を抱えてしまいます（古今亭志ん生ヴァージョン）。

ふだん敬語など使い慣れていない八五郎にとっては、丁寧なことばを使うことは難儀なことなのですね。

「敬語は難しい」という風評があるようですが、実はそんなに難しくはありません。現代と違って、古典が扱う社会は身分の上下関係が重んじられていた社会なので、敬語法が発達しています。そこで敬語が現れる頻度は高くなるわけで（『源氏物語』における敬語の出現頻度は、村上春樹に比べれば明らかに高い)、だから煩わしいとは言えるかもしれないけれど、難しいということはない。敬語の種類に戸惑うことはあるかもしれませんが、現代語での敬語がきちんと理解できていれば、古文のほうがより難しいということはありません。敬語が苦手という人は、まず現代語の敬語をちゃんと学ぶほうが近道です。

なので、ここでは敬語の説明は要点だけ簡潔にすませることにします。

敬語は一般に、三つの種類に分類されています。

Ⅰ **尊敬語　話者が、話題の中の主体に敬意を払う。**

Ⅱ **謙譲語　話者が、話題の中の客体に敬意を払う。**

Ⅲ **丁寧語　話者が、聞き手に対して敬意を払う。**

現代語の敬語を例にすると、次のようになります。

○ 先生が、こう言った。(無敬語)

↓

Ⅰ 先生が、こうおっしゃった。(尊敬語)

(「先生」という話題の中の主体に対して敬意を払っている。)

○ 先生に、こう言った。（無敬語）

←

Ⅱ 先生に、こう申し上げた。（謙譲語）

（「先生」という話題の中の客体に敬意を払っている。）

○ 先生が、こう言った。

○ 先生に、こう言った。（無敬語）

←

Ⅲ 先生が、こう言いました。

先生に、こう言いました。（丁寧語）

（「先生」という話題の中の人物に対してではなく、いま話をしている相手（聞き手）に敬意を払っている。）

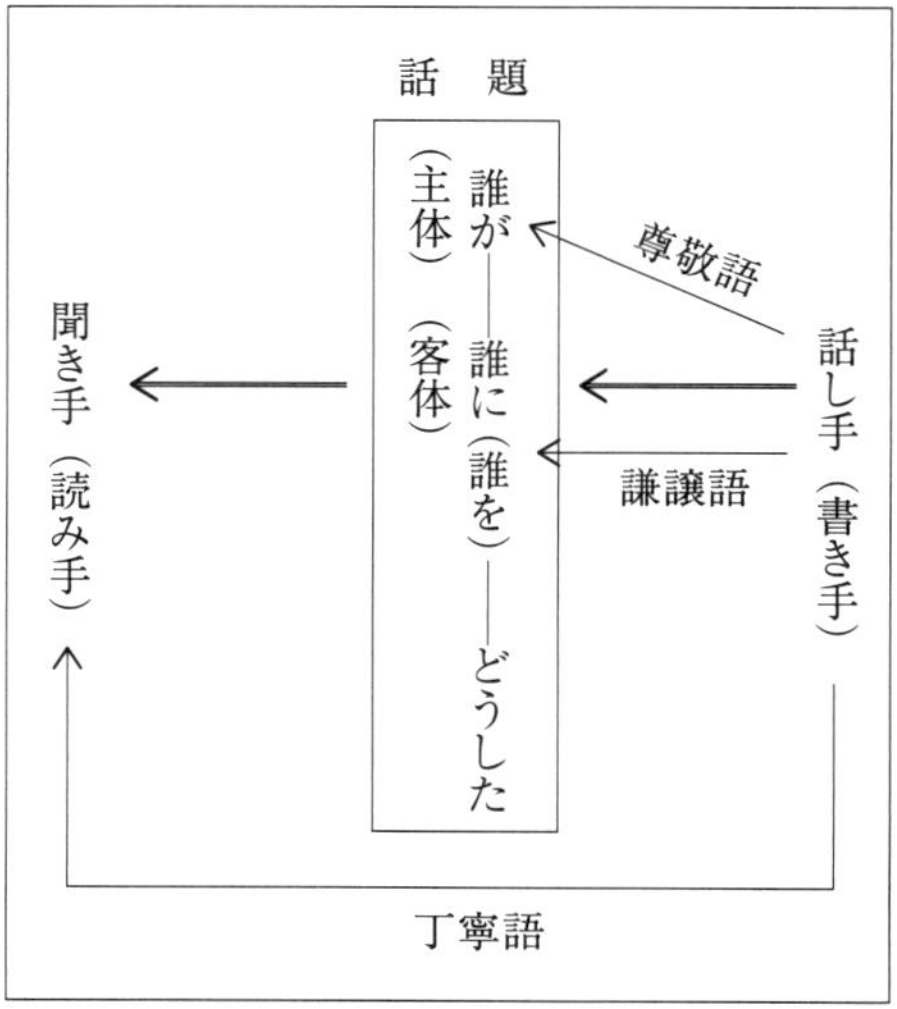

この三種類の敬語の用法は、基本的に古文でも同じです。ここで述べた現代語による説明が、「そんなの、当たり前だ」と感じる人にとっては、古文の敬語もどうってことはないはずです。

重要な敬語

ただし、古文には現代語にはない敬語がいろいろ出てきます。以下に、古語の重要な敬語を掲げます。敬語には、名詞・接辞（接頭語や接尾語）・助動詞などもありますが、ここでは解釈の上で特に問題になる敬語動詞にしぼって説明します。

〔尊敬語〕

おはす（おはします）―「来」「行く」「あり」などの敬語。

おぼす　―「思ふ」の敬語。関係のある以下の敬語も重要。

「おぼしめす」―「思ふ」の敬語。「おぼす」よりも重い。

「おぼしいづ」―「思ひ出づ」の敬語。

おほす・のたまふ　―「言ふ」の敬語。

聞こす（聞こしめす）―「聞く」「食べる」「飲む」の敬語。

御覧ず　―「見る」の敬語。

たまふ　―「与ふ」の敬語。

のたまふ　―「言ふ」の敬語。

［謙譲語］
うけたまはる　―「聞く」の敬語。
聞こゆ・奏す・まうす　―「言ふ」の敬語。
さぶらふ　―「あり」の敬語。
たてまつる　―「与ふ」の敬語。
つかうまつる　―「仕ふ」「す」の敬語。
参る・まうづ（詣づ）―「行く」の敬語。
まかる・まかづ　―「行く」「来」「帰る」の敬語。

［丁寧語］
はべり・さぶらふ―「あり」「をり」の敬語。
たまふ（下二段活用）―補助動詞としてだけ用いられる。

本動詞と補助動詞

先の一覧に、「～の敬語」という説明をつけました。もともとの動詞としての意味に、敬意を付け加えたものという意味ですが、敬語動詞の使い方には、動詞としての意味を失い、ただ上にある動詞に敬意を添えるだけの機能を果たしている場合もあります。
本来の動詞としての意味を持っているものを「本動詞」、動詞としての意味を持っていないものを「補助動詞」と呼びます。「補助動詞」は敬意を添えるという働きだけを持っていることばなので、「敬意を表す助動詞」とほぼ同じ役割を果たしていることになります。

[例文]

そのわたりの山がつまでさるべき物どもたまひ、御誦経などして出でたまふ。
(『源氏物語』若紫巻)

(源氏は)そのあたりの山人にまでしかるべき品物をお与えになり、御誦経などをしてご出発になる。

最初の「たまひ」は「与える」というもともとの動詞の意味を持っているので、本動詞。あとの「たまふ」は「出で」という動詞に敬意を添えているだけなので、補助動詞。
この他、「たまふ」には、

いときよげなる男の寄りきて、「いざ、たまへ、おのがもとへ」と言ひて抱く心地のせ

しを、

（『源氏物語』手習巻）

とても美しい男が近づいてきて、「さあ、いらっしゃい、私のところへ」と言ってかき抱くような気持ちがしたが、

というような用法もあります（「たまへ」は「たまふ」の命令形）。これは相手を促す語法で、「こちらへ来なさい」と丁寧に言うニュアンスになります。

先に、丁寧語として「はべり」と「さぶらふ」とをあげましたが、この二つは補助動詞として使用されることが多く、その場合には、文末について、「〜です」「〜ます」という丁寧な口調だけを表すことになります。

［例文］

「それは、ある博士のもとに学問などしはべるとてまかり通ひしほどに、あるじのむすめども多かりと聞きたまへて、はかなきついでに言ひよりてはべりしを」（『源氏物語』帚木巻）

「それというのは、ある博士のもとへ学問などいたしましょうと通っておりましたところ、主人には娘たちが大勢いるとお聞きして、ふとした折に言い寄っておりましたが」

青年たちが集まって女性談義に花を咲かせる、いわゆる「雨夜の品定め」の一節で、藤式部丞という男が語る体験談の一節です。会話のことばなので、「はべり」を用いて丁寧なことば遣いで話していることがわかります。

「聞きたまへて」の「たまへ」は、尊敬語の「たまふ」（四段活用）とは別の、下二段活用の補助動詞です。下二段の「たまふ」は、「侍り」「さぶらふ」などと同様に丁寧語に分類されることばです。

敬語には、使用しているうちに敬意が軽くなり、次第に敬語として認識されなくなるという性質があります。「君」はもともとは高貴な人に対する敬語の呼称ですが、現在の「君と僕」という使い方では、もはや敬語という意識はありませんね。動詞でも、「そこまで一緒に参りましょう」というときの「参る」は、ただ「行く」という意味を丁寧にいっているだけで、謙譲語としてのもともとの機能はほとんどなくなっています。

「はべり」「さぶらふ」「たまふ」（下二段）などの丁寧語も、もともとは謙譲語だったものが、次第に敬意が軽くなり、ただ丁寧な口調を表すだけのことばになったものです。それゆえ、ときには、もともとの謙譲的な気分が残っていることがあります。前の例文の中に出てくる「聞きたまへて」にも謙譲の響きがあるようで、藤式部丞は聞き手の中に源氏の君という高貴な方がいることを意識して、ややかしこまったもの言いで話しているというニュアンスが伝わってきます。

敬語の組み合わせ

三種類の敬語は、文の述語部分で組み合わせて用いられることがあります。

[例文]

人より先に参りたまひて、やむごとなき御思ひなべてならず、皇女《みこ》たちなどもおはしませば、この御方の御諫《いさ》めをのみぞなほわづらはしう心苦しう思ひきこえさせたまひける。

(『源氏物語』桐壺巻)

(弘徽殿の女御は)外のお后よりも先に入内していて、大切になさるお気持ちは並々ではなく、二人の間には皇女たちなどもおありになるので、帝もこのお方のご忠言だけは、うっとうしくつらいものと思っていらっしゃった。

「帝が、弘徽殿の女御を、～と思っている」という文で、「聞こえ」という謙譲語が客体である弘徽殿に対する敬意を、「させたまひ」という尊敬語が主体である帝に対する敬意を表しています。「させ」は尊敬を表す助動詞「さす」の連用形で、尊敬を表すことばが「させ」「給ひ」と二つ重なっているので、主体である帝に対する敬意がそれだけ重いことを表しています(「二重敬語」とか「最高敬語」とか呼ばれています)。

＊よく謙譲語のことを、「動詞の動作主体がへりくだる気持ちを表す」とする説明を見かけることがありますが、その言い方が当てはまるのは話者と文の主語とが一致する一人称の文の場合で、それ以外には当てはまりません。ここでも、主体である帝が客体である弘徽殿の女御に対してへりくだるということはありえないことです。そういう混乱を引き起こすもとになるので、「謙譲語＝へりくだる気持ち」というとらえ方は避けたほうがいいと思います。この例文でも、謙譲語「聞こえ」は話者(物語の語り手)が、話題の中の客体である弘徽殿の女御に対して敬意を払っていると考える方がわかりやすいでしょう。

現代語の場合、主体と客体との両方に敬語を使いたい場合でも、

A先生がB先生に、こう申し上げなさった。

のように謙譲語と尊敬語と両方を使うということはあまりありません。たいがい、

A先生がB先生に、こうおっしゃった。

のように尊敬語だけを使い、客体の先生への敬語は省略してしまうのが普通です(その点、現代語は「主体重視」のことばだと言えます)。そのため、敬語が組み合わさったこうした古文独特の使い方は複雑に見えるかもしれません。

しかし慣れてしまえば、主体と客体の両方に敬意を払うために、尊敬語と謙譲語を両方使うという規則的な使い方なので、それほど難しくはありません。むしろ、文脈の把握や解釈の助けになるという側面があります。「～きこえたまふ」とあったら、謙譲語＋尊敬語なので、主体も客体も敬意の対象になるような人、それと動詞の意味とを照らし合わせて、「誰が、誰に、どうした」と言っているのかを考えれば、文脈の骨組みを理解することができます。

敬語を味方につければ、文章の意味を把握するための大きな手助けになります。

コラム　それぞれの時代の敬語

「古文は敬語がたくさん出てくるので面倒くさい」と思っている人がいます。気持ちは分るのですが、すべての古文に敬語がたくさん出てくるわけではないと感じたことはないでしょうか。一口に古文といっても、書かれた時代は上代（奈良時代以前）から近世（江戸時代）まで幅広い。教科書で古文として扱われる文章は、『土左日記』『伊勢物語』『源氏物語』など、平安時代の作品が多く、平安時代は身分の上下にうるさい貴族たちの社会だったため、敬語が発達しています。

でも敬語が多いという印象は、古文全体に当てはまるものでしょうか。

松尾芭蕉の『おくのほそ道』は近世初めに書かれたもので、古文の教科書にもしばしば取り上げられています。『おくのほそ道』の中に敬語がどれぐらい出てくるか、考えてみたことがあるでしょうか。

会話文に出てくるのは現代も同じなので、地の文に限定してざっと調べてみると、敬語の動詞・補助動詞の用例はとても少ないようです。文末に用いられる丁寧語「侍り」（現代語の「です」「ます」にあたる）はたくさん見られます。しかし、それ以外となると、神社仏閣に参詣した際に用いられる謙譲語が数例、空海・花山法皇・道元禅師といった歴史上の人物を話題にする際に用いられる尊敬語が数例あるほかは、尊敬語も謙譲語もほとんど見られません（ざっと見た限りでは、尊敬語が二例だけありました）。

近世の町人階級の人である芭蕉は、基本的に、「奉り給ふ」といったことばを用いる世界の人ではないのです。

学校古文で敬語の学習がとりわけ重視されているのは、教科書に採用されている教材が敬語の使用頻度の高い平安・鎌倉時代の作品にかたよっているからに他なりません。

このように、敬語には時代による手厚さや薄さがあるし、その時代だけに用いられている特殊な敬語もあります。敬語に注目していくと、それぞれの時代の社会や人間関係のあり方の違いがわかってくる、それも楽しく勉強するための注目点の一つではないでしょうか。

第五章　和歌を味わう

和歌は古典時代の人々の教養の中核をなすものでした。昔の人は、和歌を鑑賞するだけでなく、自分でも日常生活の中で和歌を詠んでいました。そのため、散文であっても、その中に和歌が出てきたり、和歌を踏まえた表現が表れたりということはよくあります。

でも、私たち現代の人間には日常的に和歌を詠むという習慣がないので、なんとなく和歌に苦手意識を持っている人も多いかもしれません。物語の中に和歌が出てきても、「どうせわからないから」と、飛ばして読んでしまったり……。

けれども、先にも述べたように、和歌は古典文化の中心にあるものですから、実は和歌ほど古典を読む楽しさを味わわせてくれるものも少ないのです。そこを飛ばして読むのは、料理のおいしいところを残すみたいで、いかにももったいない。それでは、どうすれば和歌に近づけるかを考えてみましょう。

現代人の生活の中でかろうじて生きている和歌文化といえば、「百人一首」ではないかと思います。古典に接する機会がなかった人でも、耳にしたことのある歌が多いのではないかと思うので、以下、ここで例にとり上げる歌は、「百人一首」に出てくるものを中心に選ぶことにします。

もっとも、「百人一首」は、鎌倉時代の大歌人、藤原定家がそれ以前の勅撰集などから秀歌を選んだアンソロジーに基づいて作られたものなので（近年では、「百人一首」そのものは藤原定家が撰んだものではないという説が有力になりつつあります）、以下、出典はもとの歌集の名前を記しておきます。

一　和歌の表現は凝縮されている

安倍仲麻呂は奈良時代の官僚で、養老元年（七一七）、留学生として唐へ赴き、そのままかの地に留まって亡くなった人です。その仲麻呂が故郷を偲んで詠んだとされる有名な歌が、『古今集』羇旅部に載っています。

もろこしにて月を見てよみける
天の原ふりさけ見れば春日なる三笠の山に出でし月かも
（『古今集』羇旅　阿部仲麻呂）

大空をふりあおいで見れば、月が昇っている。あれは春日の三笠の山にかかっていたのと同じ月なのだなあ。

唐に留まってそのまま亡くなった人の歌がどうして日本に伝わっているのか、ちょっと不思議ですが、それはともかく、この歌に盛り込まれている仲麻呂の気持ちを、普通のことばで表してみましょう。

「この異国の地で、はるかな夜空を振り仰いでみると、美しい月が出ている。あの月は、ふるさと、奈良の春日にある三笠の山に出ていた月と同じ月なのだなあ。こうして眺めていると、ふとふるさとにいるような錯覚に陥るけれど、いま私は故郷を何千里も離れた異国にいる。いつかまた、あのふるさとに帰ることができるのだろうか」。

こうしてこの歌を詠んだ仲麻呂の気持ちを想像しながら書き出してみると、百字を超えてしまいました。この歌には、普通のことばで言おうとすれば、それだけのことばを費やしてもまだ言い足りない、深い思いが籠められています。その深い思いを、五七五七七のわずか三十一音で表現しているのが和歌なのです。

和歌のことばには、それだけ凝縮された、濃密な意味合いが籠められています。そのつもりで、普通の文章を読むとき以上にことばへの感覚をとぎすまし、心の耳を傾けてひとつひとつのことばを受けとめることが大切です。

ここに例としてあげた安倍仲麻呂の歌にしても、「唐にいて月を眺めながら、遠く離れた故郷をなつかしく思っている」というふうに、内容だけで要約的に理解しようとしても、おそらく何の感動も生まれません。和歌を学んでいて、ときどき、「要するに、何が言いたいのですか?」と問いかける人がいますが、「要するに」という問いかけほど、和歌を味わうという楽しみからかけ離れたものはありません。和歌のような繊細なニュアンスがこめられていることばの世界に触れようとするときには、もっと一つ一つのことばを大切に受けとめようとする姿勢が求められます。

「天の原ふりさけ見れば」というのは、いささか大げさな表現です（「ふりさけ見る」は「遙かに眺めやる」という意味ですが、古文でもめったに使われない珍しいことばです）。このように大上段に振りかぶるようなことばで開始しておいて、それに続くことばの中では、「なつかしい」「帰りたい」という気持ちを直接表現することをせず、結句の「月かも」の「かも」という詠嘆の表現に心情のすべてを託すような抑制した詠みぶりとなっています。そうした具体的なことばの組み立てそのものに、仲麻呂の胸にあふれる思いが託されています。

歌の場合、内容と表現とは切っても切り離せない一つのものなのです。たとえば現代語訳をするときにするように、そこに置かれている具体的なことばを離れて別のことばに置き換えて理解しようとしても、少しもおもしろくなりません。

そこに現れていることばそのもの（古典和歌の場合、当然それは古語ということになります）としっかり向き合うことからはじめることをお勧めします。

二　和歌は一人称の表現である

和歌を鑑賞するときに、まず最初に理解しておく必要があるのは、和歌は基本的に一人称の表現だということです。『万葉集』の長歌のようなものは別にして、五七五七七の短歌形式の歌の場合、それは常に、「私」の、「いま、この瞬間」の、心情を表現する形式なのです。だから、和歌を鑑賞するときにはまず、その歌を詠んだ「私」の気持ちと、歌を鑑賞する「私」の気持ちを同期させるというスタンスを取ることが大事です。

これは、「昔、男ありけり」のように三人称で書くことのできる物語とも違うし、「古池や蛙とびこむ水の音」のようにどこから眺めているのかわからない俳句の表現とも違う、和歌だけが持っている独特の表現形式です。そのことを、実際の歌に即して具体的に確認してみましょう。

わびぬれば今はた同じ難波なるみをつくしても逢はむとぞ思ふ　（『後撰集』恋五　元良親王）

つらくてたまらないから、今となっては我慢していても同じこと。たとえこの身が破滅しても、あなたに逢いたいと思います。

「わぶ」は「気落ちする」「嘆く」という意味（「わびし」という形容詞と関係がある）、「みをつくし」は船の航路を知らせる目印の杭で、和歌では「身を尽くし」と掛けて「恋いこがれる」気持ちを表すことばとして用いられます。たとえそれが身の破滅につながるものであっても、あなたに逢いたい、という激しい恋の歌です。『後撰集』では、「事出で来てのちに、京極の御息所につかはしける」という詞書が付されています。京極の御息所は宇多上皇の后で、元良親王との関係は許されない禁忌の恋、密通ということになります。上皇の后との秘密の関係は、露顕すればまさに身の破滅、それをも覚悟の上で、「あなたに逢いたい！」という今この瞬間の激情が、激しい叫びとなって表現されています。あなた自身が元良親王になり、この歌を詠んだつもりになって味わってみてください。

こういう歌が、勅命によって編纂される勅撰集に入集するということが不思議に思われますが、「后妃との密通は重罪である」という現実の法的・倫理的な罪の意識とは別の次元のものとして和歌はあったのかもしれません。

逢ひ見てののちの心にくらぶれば昔はものを思はざりけり　（『拾遺集』恋二　権中納言敦忠）

あなたに逢って愛を確かめた後、逢いたいという思いはますますつのるばかりです。今の苦しさに較べれば、ひとめ逢いたいと願っていた昔の苦しさなど、もの思いのうちにも入らないものだったのですね。

ただならぬ関係になってから、ますますつのる思慕の思いを詠んだ歌です（「逢ふ」は76頁参照）。これも、「今の気持ちは昔とは違っている」などと冷静に分析しているのではなく、それまでに体験したことのない、身を焦がすような恋情をはじめて体験した「いま、この瞬間」の甘美な苦悩が表現されています。権中納言敦忠は、左大臣藤原時平の子息で、次代の政権を担うべく期待された貴公子でしたが、三十八歳の若さで夭折しました。ここに挙げたようなすっきりした清純な趣のある歌を多く詠んだ人です。

こうした恋の歌ばかりではありません。季節や自然を詠んだように見える歌でも、実際には、季節や自然に託した詠み手の心情が表現されている歌がたくさんあります。

やへむぐら茂れる宿のさびしきに人こそ見えね秋は来にけり　（『拾遺集』秋　恵慶法師）

この邸には八重むぐらが生い茂り、すっかり寂れてしまっている。もう訪れる人の姿も見えないけれど、秋という季節はやってきたのだなあ。

「やへむぐら」は生い茂っている雑草、「見えね」の「ね」は打消の助動詞「ず」の已然形で、「こそ〜ね」で逆接で下へかかっていきます。

表向きは秋の訪れを詠んだ歌ですが、秋になったという事実だけを詠んでいるのではありません。何らかの事情で没落してしまった家、訪れる人もいなくなってしまったその家の中で、木々の色合いを眺め、風の音に耳を傾けつつ、「訪ねてくれるのは、めぐってくる季節ばかりなのだなあ」とため息をついている詠み手の、今その瞬間の索漠たる思いが表現されているのです。

このように、和歌は、「今、その瞬間」の、「詠み手（私）」の、「こころ」の表現なのです。従って、和歌は、物語の場面を読むときのように、それを他人事として眺めているのでは感動が伝わってきません。

自分自身がその歌の詠み手であり、自分の気持ちが今そこで表現されている。

そんな気持ちで接してみて下さい。外から眺めるのではなく、自分自身の「こころ」から発せられたことばとして受けとめることが、和歌を身近に感じるコツです。

花の色はうつりにけりないたづらに**わが身世**にふるながめせしまに（『古今集』春下　小野小町）

花の色はすっかり褪せてしまった。私もまた、空しく生き長らえているうちに、年老いてしまったことだ。

年をとって、若き日の美しさを失ってしまった女性の嘆きの歌です（「ながむ」は92頁参照）。もしあなたが男性でも、「女の人の気持ちなんかわからないよ」なんていわないで、自分が女性になったような気持ちで、その気持ちを想像してみてください。若いときのみずみずしい肌、濡れたように輝く黒髪、そうした生気に満ちた美しさが失われつつあることを自覚し、またこれまでの人生をふり返ってみて、その若さと美しさとを思いきり発散できるような恋や情熱的な行動を経験しないままに過ごしてしまったことに気づいたとき、どんなに淋しい思いがすることでしょうか。あなたが男性でも女性でも、その若々しい活力、生命力が失われていくことの悲しみ、年老いていくことの悲しみは理解できるはずです。その取り返しがつかない悲しみを、自分自身の胸の底の痛みとして実感することができたとき、この歌は強く心に響いてきます。

ほととぎす鳴きつるかたをながむればただ有明の月ぞのこれる　（『千載集』夏　藤原実定）

ほととぎすが鳴いて飛び去っていった。「お、ほととぎすだ」と思ってその方角に目をやると、もうその姿は見えず、ただ有明の月が空にかかっているばかりだ。

ほととぎすの鳴き声と、有明の月とは、聴覚と視覚という対照をなすものです。また飛び去っていったほととぎすと、空にかかっている月とは、動と静という対照をなしてもいます。このように計算された歌でありながら、作った感じにならず、その一瞬の驚きと感動の表現として詠み留めているところが秀歌たるゆえんです。

この歌も、自分自身が詠み手であり、いまそこでほととぎすの声を聴き、有明の月を眺めている気持ちで鑑賞すると、味わいが深まります。夏の明け方の爽やかな空気の中に自分がいるような気分になって、その時にどのように感じるかを想像しつつ読み味わいましょう。

歌は一人称の表現であり、それが自分自身の気持ちであるかのように感じて詠むといいと述べました。

言い方を変えると、歌には本来の詠み手以外の他者の気持ちをそこに同化させる働きがある、とも言えます。そのことに関連して、もう一つ、大事なことを付け加えておきます。

いま来むと言ひしばかりに長月の有明の月を待ち出でつるかな　（『古今集』恋四　素性法師）

「すぐ行くからね」と、あなたが言ったばかりに、あなたを待って、とうとう長月の有明の月が出る夜明け方まで待ち明かしてしまったことです。

「きっと逢いに行くからね」といい加減な約束をして、結局来なかった男の不実を嘆いた歌です。現代ならば、女性が男性に「逢いに行くわね」と約束しても少しもおかしくはありませんが、貴族の社会では逢いに行くのはもっぱら男性のほうで、女性は男性が来てくれるのをじっと待っているというのが相場でした。だからこの歌はシチュエーションから見て、女性が詠んだ歌です。しかし、この歌の実際の作者は素性法師、男性です。これはどういうことでしょうか。

何も難しいことではありません。男性である素性法師が、女性の気持ちになって詠んでいるのです。こういうことは、昔の和歌では珍しいことではありません。歌の実際の作者と、その歌に詠まれている心の主体、つまりそこで自分の気持ちを表現している「私」とは、必ずしもイコールではないのです。

昔の人は、自分の生な気持ちを歌に詠むだけでなく、そういう場、そういう状況にいる人ならば、きっとこんな気持ちだろうなあと想像して歌を詠むことを普通に行っていました。他人に頼まれて、恋人に贈る歌を代作したりすることも珍しくありませんでした。屏風絵などの絵の中の人物になったような気持ちで歌を詠んだりすることもよくあります。歌は必ずしも生身の自分の心情を表現するためだけの道具ではないのです。

そういうと、作者自身の生な心が詠まれているのでない歌は一種の「うそ」であって、不純なことだと思う人がいるかもしれません。しかし古典時代の人々は、もともと歌に詠まれている心情が、歌を作った人自身のものでなくてはいけないという感覚を持っていませんでした。男性が女性のふりをして歌を詠んだり、女性が男性のふりをして歌を詠んだり、他人に代わって歌を詠んでやったりというようなことはごく当たり前のことでした。

そうであっても、そこで表現されている思いが「うそ」だということにはなりません。歌の中で表現されている一人称の「私」は、必ずしもその歌の作者とは限らず、誰であってもいい「私」であり、そこで表現されている気持ちも、誰のものであってもいい「こころ」なのです。発話している主体の心情をストレートにになっているわけではないというところで、歌のことばは私たちが日常的に使っていることばとは質が異なります。「歌を詠む」ということは、日常生活の中に出現する、一種の特別な「儀式」なのだと考えるとわかりやすいかもしれません。

そうすると、和歌を鑑賞するということは、その「儀式」に自分も参加することを意味することになります。「儀式」に参加するというと、何か難しいことのように感じられるかもしれませんが、ちっとも難しくはありません。踊りの輪の中に、自分も飛び込んで一緒に踊るというのと同じことです。ディズニーランドへ行って、ミッキーの耳カチューシャをつけた時のように、自分以外のものになる楽しさって、ありますよね（やったことはないですが…）。

和歌を読み味わうことは、日常の振る舞いから離れて、一緒に踊ることです。

三　和歌は感動の表現である

和歌は詩の一種で、普通のことばでは伝えきれない、心の中の感動や嘆き、切ない思いを表現しているものです。「悲しい」と言って、それで気がすむような心情ならば、わざわざ歌の形式で表現する必要はありません。歌という形式をとらなければ表現できない何かを表現するために、和歌という方法はあるのです。まずはそのことを頭に置いておきましょう。

忘れじの行く末まではかたければ今日を限りの命ともがな　（『新古今集』恋三　儀同三司母）

「いつまでも愛しているよ」というあなたの心も、いつかは変わってしまうだろうから、愛して下さっている今日のこの幸せの中で、いっそ死んでしまいたいのです。

「忘れじ」の「じ」は打消意志、「命ともがな」の「もがな」は、無理とわかっていてどうかそうであってほしいと願望する気持ちを表します。深く愛されている女性の喜びとともに、その底に兆す、男性の気持ちはいつかは変わってしまうものだというおびえが表現されています。恋の歓喜と、それと表裏一体になった不安、普通のことばでは言い表せない心の中の葛藤と激情が、歌のことばとなってほとばしり出ています。

作者「儀同三司母」は高階貴子という人で、清少納言が仕えた中宮定子の生母です。相手の男性が誰かははっきりわかりませんが、定子の父、藤原道隆でしょうか。彼らは中宮の両親として、『枕草子』の中にも登場しますが、そうした日常生活とは別次元の「こころ」の世界がここにあります。

春過ぎて夏来にけらし白妙《しろたへ》の衣《ころも》干すてふ天の香具山

（『新古今集』夏　持統天皇）

春が過ぎて、夏が来たらしい。真っ白な衣を干すという天の香具山に、まさに白妙の衣が干されていることだ。

「けらし」は「ける＋らし」で、根拠に基づいて推量する気持ちを表します。「干すてふ」の「てふ」は「といふ」が縮まった形。

奈良にある天の香具山は、神々が住むといわれている神聖な山です。その香具山に白妙の衣が干されているのが見える。もしかすると、これはただの洗濯物ではなく、神事にかかわる衣服なのかもしれません。したたるような新緑の中に、真っ白な衣が干されている、その光景を遠望して、しみじみと夏の訪れを感じるという気持ちです。季節の推移に接して、新しい季節を迎える喜びや、時が過ぎ去ってゆくことの悲しみを歌うのは、和歌のもっとも重要なテーマの一つです。

一般に、眼前の情景を詠んだ「叙景」の歌といわれるものがありますが、それらは単なる「情景描写」とは違います。そのような情景を目の前にしての詠者の「心」の表現なのです。

和歌が、心の中の感動や嘆きを歌うものだといわれると、そういう強い感情ばかりが和歌のテーマなのだと誤解されるかもしれません。しかし、歌の中にはそうではないものもあります。

吹くからに秋の草木のしをるればむべ山風をあらしといふらむ　（『古今集』秋下　文屋康秀）

吹くにつれて、秋の草木が見る見るしおれてしまうので、なるほど山風を嵐（荒らし）というのだなあ。

「むべ」は「道理で」「本当に」と肯定する気持ちを表すことば。漢文を訓読する際に用いることばで、和歌にはあまり使いません。ここでは意図的に用いているのでしょう。

冷たい秋風が吹くにつれて、野辺の草木が枯れてゆく、その光景を見つつ、「嵐（荒らし）とはよくいったものだ」と感じるという意味です。「草木を荒らすから嵐（荒し）というのだな」というのはただのことば遊びで、つまらないだじゃれのようですが、「嵐」ということばの中にもう一つの意味を見出し、それが晩秋の強い風が草木を萎れさせてゆくことと無関係ではないことばだと気づいたとき、「ことばって面白いものだなあ」という感慨をおぼえるのではないでしょうか。そうしたことばにまつわる発見もまた、一種の感動を呼び起こすものです。「山＋風＝嵐」という漢字のレベルでのことば遊びも、ここには見られます。それもまた一つの発見でしょう。ことばにまつわる一つの発見がまた、「ね、面白いよね」という他者に対するうながしになっているところも、こうした和歌の大切な側面です。押しつけがましい親父ギャグとは違って、ささやかな発見を通じて、同じことばを用いるもの同士の心と心とがつながることを願っている、それが和歌のことばの持つ働きなのです。勅撰集で「物名」という部立に収められているのは、概ねこうしたことば遊びに属する歌です。こうした歌が季節の歌や恋の歌と並んで重視されたのはなぜなのかを考えれば、そこに単なるだじゃれではない意味を見出していたということが見えてくるでしょう。

もう一つ、和歌の別の側面を表す例を挙げておきましょう。

大江山生野の道の遠ければまだふみも見ず天の橋立

（『金葉集』雑上　小式部内侍）

大江山や生野を越える道のりは遠いので、まだ天の橋立は見たことがありません。

宮中で歌合が催されたとき、小式部内侍という女房が詠み人に選ばれました。小式部内侍の母は有名な歌人の和泉式部で、和泉式部はこの時、夫に付き従って丹後国（いまの京都府の北部）に下っていました。中納言定頼という人が小式部内侍のところへ来て、「お母さんにヘルプの手紙は出しましたか?」とからかった、それに対して返したのがこの歌です。「まだふみも見ず」のところには、「踏み」と「文」とが掛けられていて、「お母様から手紙でアドヴァイスを受けたりしなくても大丈夫ですわ」と、昂然と切り返したのです。

こういうとき、「母の助力など要りませんわ」と普通のことばで返したのでは、いささか切り口上で素っ気ない応答になってしまうでしょう。歌で返すことで、その口調の強さをやわらげることができます。日常的な会話の延長線上にありながら、そこに微妙なニュアンスをつけ加えたり、当たりの強さをやわらげたりすることも、和歌の効能の一つです。貴族たちにとっては、和歌はなによりもまずコミュニケーションを円滑にするための道具だったのです。

この歌の場合、「母からの手紙など必要ない」というもっとも重要なところを掛詞に隠してやわらげ、一方で、和泉式部のいる丹後国に縁のある大江山、生野、天の橋立といった地名を散りばめた絢爛たる歌に仕立て上げた上で、「この程度の歌ならとっさに作ることができますから、どうぞご心配なく」と言っているようなものだから、相当気の強いいやみな返しであるという印象はぬぐえませんけれど、そういうプライドの高い女房を装っているという可能性もあります。女優がある役柄を演じるように、現実の作者とは異なる役柄を演じるための舞台、そんな側面も和歌にはあります。

四　和歌の技巧

和歌の中では、日常的なことばの中では用いられない特殊な技巧が用いられることがあります。短い語数の中で多くのことを相手に伝えたいという気持ちが、このような技巧を生み出しました。代表的なものをいくつかとり上げて、簡潔に説明しておきます。

a　枕詞

特定のことばを導き出すために、その前に置かれることばです。だいたい五音で（多少例外がある）、あることばを導くためにはこれを枕詞として使うという組み合わせが決まっています。

あしひきの　↓　「山」に掛かる。
たらちねの　↓　「母」に掛かる。
ちはやぶる　↓　「神」（または「神の社の名」）に掛かる。
ひさかたの　↓　「天」「月」「光」などに掛かる。

ぬばたまの　↓　「髪」「夜」などに掛かる。

など、たくさんありますが、すべてを憶えておく必要はありません。出てきたときに、「これは枕詞らしいな」と察することができれば充分です。

ひさかたの光のどけき春の日にしづ心なく花の散るらむ
（『古今集』春下　紀友則）

光がのどかにさしている、穏やかな春の日に、どうして落ち着いた心もなく花は散っているのだろうか。

花が散っていくのを惜しむ歌です（「散るらむ」の「らむ」は181頁参照）。穏やかで何の変化もないように見える春の日にも、少しずつ時は移ろうてゆく、散り続ける花は、時の流れを目に見える形で教えてくれるものでもあるのでしょう。

初句の「ひさかたの」は、「光」ということばの前に置かれる枕詞です。問題はどのような意味があるかですが、困ったことにこれがよくわかりません。枕詞といわれるものは、だいたいみなそうです。おそらく、古い時代から歌の中で用いられた特殊なことばで、それが大事なものだったため、平安時代以降の歌の中にも残存したものと思われるのですが、もともとどういう意味をになっていたのかは、平安時代以降の歌人たちにもよくわからなくなっていたようです。今はこれといった働きをしなくなっているままに身体の中に残っている痕跡器官のようなものですね。

それならば、限られた音数の中で多くのことを言わなければならないのが和歌だから、無駄なことばは使わなければいいじゃないかって？　ごもっともです。

でも、それにもかかわらず使われ続けたわけですから、まったく何の意味も持たないというわけではないと考えるべきでしょう。

先にあげた紀友則の歌で言うと、ただ「光」というだけではなく、「ひさかたの—光」ということで、ただの「光」ではない、特別な何かとして表現されようとしている、という印象が生まれます。散り続けている花、その光景を包み込むようにあふれている春の光、そういう特別な情景を詠んでいるのだということを表すために、枕詞が使われているのでしょう。枕詞が使われることで、歌に詠まれている情景が神聖な感じを帯びるといえます。

近代の短歌でも、枕詞というこの古めかしい修辞を用いた例はあります。

のど赤き玄鳥《つばくらめ》ふたつ屋梁《はり》にゐて足乳根《たらちね》の母は死にたまふなり
（斎藤茂吉）

歌集『赤光』に収められている「死にたまふ母」という連作の中の有名な一首です。

「たらちねの」は「母」を導く枕詞で、茂吉が「足乳根」という字を宛てているように、「ち」は母乳の意とする説が有力ですが、厳密なところはわかりません。

母の病が重いという知らせに、とるものもとりあえず汽車で駆けつけた（「みちのくの母のいのちを一目見ん一目みんとぞただにいそげる」）、久しぶりに帰った故郷で（茂吉の郷里は山形県）、つきっきりで看病し（「死に近き母に添ひ寝のしんしんと遠田のかはづ天に聞こゆる」）、そしていま、臨終の時を迎えようとしている。

その時に、詠み手は母親のことを「たらちねの―母」と呼んでいます。ただ「母」ではなく、「たらちねの―母」。そこに、この世でたった一人の母親に対する詠み手の無限の思い、その母と永遠に別れなければならない痛切な悲しみが籠められています。枕詞が用いられることで、ことばが強く張りつめ、緊張しているのです。

高校の授業などでは、枕詞は現代語に訳しようがないので、訳すときには飛ばしてしまっていいと教えられることがあります。しかしそれは、無視してもいい飾り物ということではありません。むしろそこにこそ、本来歌の生命が宿っていたのかもしれないのです。

先に、貴族にとっての和歌は、日常会話の延長にあるものだったといいましたが、それと同時に、日常のことばとは違う特別なことば、神様の前で唱える呪文にも似た神聖なことばという側面も失われてはいなかったようです。「日常性」と「神聖性」という、一見矛盾するような両面を併せ持っているというところに、和歌のことばの特殊な性格があります。

b　序詞

あることばを導くために、その前に置かれる語句をいいます。次に続くことばを導くという点では、枕詞に似ていますが、枕詞のように決まった音数がないこと、決まった結びつき方はなく、詠み手の工夫で自由なつなぎ方ができること等の違いがあり、枕詞とはまったく別種のものと見ることができます。

あしひきの山鳥の尾のしだり尾のながながし夜をひとりかも寝む（『拾遺集』恋三　柿本人麻呂）

山鳥の尾の、長く垂れ下がっている尾、その尾のように長い長い夜を、私はたった一人で寝なければならないのだろうか。

「あしひきの」は「山」を導く枕詞、「しだり尾の」までが、「ながながし」ということばを導くための序詞です。山鳥の尾は長くて垂れ下がっている、ということを前置きとして振っておいて、「その山鳥の尾のように、長い長い夜」とつなげることで、「独り寝の寂しさ」という本当にいいたいことを強調する働きをしています（「山鳥」は雌雄仲がいいことで知られている鳥でもあります）。たった一人では過ごしかねるほど、長い長い夜、ということを強くイメージさせるために、そこへ至るまでの助走路のように敷設されているルートが序詞の働きです。この序詞があることで独り寝の寂しさがよりいっそう増幅されて伝わってきます。

立ち別れいなばの山の峰に生ふる松とし聞かばいま帰りこむ　（『古今集』離別　在原行平）

お別れして行く先の因幡の山の峰に生えている松、その松ではないけれど、あなたが待っていると聞いたならば、すぐに帰ってきますよ。

旅に出る男が、残していく女に詠み贈った歌です。

「立ち別れいなばの山の峰に生ふる」までが「まつ」ということばを導き出すための助走路（序詞）です。「松」と「待つ」とが同音であることから引っかけて、「あなたが私の帰りを待っていると聞いたなら」と本当に言いたい下の句を引き出しています。「待っているあなたのことを、私はいつも心に掛けていますよ」という気持ちを強調するために、序詞という一見無駄なように見える修辞が立派に機能しています。

それと同時に面白いのは、ただの飾り物のように見える上の句の「因幡の山の峰に生ふる松」が、下の句と結びついてみると、一人淋しく男の帰りを待っている女の姿を象徴しているように見えてくることです。言いたいことをいうためのただの前振りというだけではなく、前半と後半とでイメージの上でも響き合うものがあるのです。

このように、和歌の表現では、本当に言いたい気持ち、感情とは別に、景物や物が詠み込まれていることがあります。一見別個に置かれているように見える景物にも、心のありようと響きあう意味あいが与えられているのです。自分の気持ちを表現したいのなら、それだけを言い表せばいいような気がしますが、そういうものではないようで、和歌には、「景物」と「心」とが響きあう形をとることで安定した構造になるという性質があります。序詞はそのような和歌の本質と関わるものなので、序詞と呼ばれる部分もただの飾りではありません。序詞が一首全体のイメージにどのように関与しているかを想像すると、そこに複雑なイメージの世界が織り込まれていることがわかってきます。

c 掛詞

先に取り上げた和歌の中に、すでに例が出て来ていますが、掛詞とは、「まつ」を「松」と「待つ」との二重の意味に働かせるように、一つのことばの中に二重の意味を響かせる、和歌独特の技法です。

山里は冬ぞさびしさまさりける人目も草もかれぬと思へば　（『古今集』冬　源宗于）

山里は冬こそさびしさがつのるときなのだなあ。人の訪れも途絶え、草も枯れてしまうと思うと。

「かれ」は、草木が「枯れる」という意味と、「かる（離る）」（人の訪れが絶える意）という意味との二重の働きをしているので、下の句は「人目も―離れ」「草も―枯れ」という二通りの意味あいを持つ対句的な表現ということになります。冬になって草が枯れてしまったという自然現象と、自分の住む山里を誰も訪ねてくれる者がいなくなってしまったという人事とが同時に表現されているわけですが、二つのことがただ並列されているのではなく、渾然一体となった一つのこととして表現されています。それによって、人の訪れがなくなったということが、冬になり草木が枯れるように避けることのできない必然の推移なのだという絶望の深さが表されています。掛詞は、別々のことを一つに融合させて新しいイメージを作り上げていく、一つの認識の世界をひらくためのシステムなのです。

ここで、先にもあげた在原行平の歌を、もう一度取り上げてみましょう。

立ち別れいなばの山の峰に生ふる松とし聞かばいま帰りこむ　（『古今集』離別歌　在原行平）

お別れして行く先の因幡の山の峰に生えている松、その松ではないけれど、あなたが待っていると聞いたならば、すぐに帰ってきますよ。

「いなば」は「いぬ（去ぬ）」という動詞と「因幡」という地名との掛詞、「まつ」は「松」と「待

つ」との掛詞になっています。従って、ことばのつながりとしては、

「立ち別れ去なば」→「因幡の山の峰に生ふる松」→「待つとし聞かばいま帰り来む」

というように、途中の二箇所で流れが切り替わる感じになります。掛詞という同音異義語があるために、心から物へ、また物から心へと歌の途中でことばの流れが切り換わることになります。掛詞を用いて心の表現と物の表現とを切り換えるという手法は、掛詞を用いた多くの歌に見られる特徴です。

こういう歌は、現代語訳をしようとして一つの訳文にまとめようとすると、苦心惨憺することになります。けれども、この本でずっと言い続けているように、現代語に置きかえるとどういう訳になるのかは、あまり重要なことではありません。散文のことばは、何かまとまった意味のあることを表しているものだから、一つの流れにつながりますが、和歌のことばは一つにつながらないことがあります。線条的な意味の流れにまとめることができなくても、ことばとことばが響き合って或るイメージの世界が心の中に浮かび上がればよいのです。

男女の別れに際して、「きっと帰ってくるよ」と固く約束して去っていった男の思いと、因幡の山の峰にぽつんと立っている松の木、この「心」と「景物」とが一つに融合して、引き裂かれるように別れていく男女の寂しさ、孤独さのイメージが重層的に表現されているところに、この歌のことばの上での工夫があります。

逢ふことのなぎさにし寄る波なればうらみてのみぞ立ち帰りける（『古今集』恋三　在原元方）

私は、逢うこともなく渚に寄せるだけの波なので、あなたを恨むばかりでむなしく引き返してゆくことです。

「なぎさ」が「無き」と「渚」の掛詞、「うらみ」が「浦見」（「海辺を見る」の意）と「恨み」との掛詞になっています。ことばのつながりとしては、「逢うことの無き」→「渚にし寄る波なれば、浦見て」→「恨みてのみぞ立ち帰りける」と、途中で二度も流れが切り替わっています。

このような歌も、どう現代語に訳せばいいのかということにエネルギーを費やすのは無駄なことです。どんなに接近を試みても決して逢ってくれない女性に、すごすごと引き下がるしかない悲しみを訴えている恋の歌だ、ということをベースにして、その「心」と二重写しにして、繰り返し渚に打ち寄せては、むなしく沖へ引いてゆく波という「景物」のイメージが重なっていて、それによって成就しない恋のむなしさ、はかなさが増幅されて表現されているところを受け止めることが大切です。

この歌では、「なぎさ」「波」「立ち」と、海に関係のあることばが詠み込まれています。このように、歌の本来の意図とは異なる裏のところで、つながりのあることばの脈絡が生みだされていることがあります。これを「縁語」と呼んでいます。「縁語」は、たとえばむなしい恋の歌の背後に、波が打ち寄せる浜辺の光景を揺曳させるというように、一つのことばだけでは生み出せない情景や世界を一首の背後に揺曳させるという重要な働きを持っています。

掛詞と縁語とは密接な関係にあり、どちらも歌のもつ意味の世界を二重化することにかかわる技法だと考えられます。

こうした二重化の技法が多用されるということは、王朝の和歌がどのようなことばの世界を目指しているのかをうかがわせる手がかりにもなるでしょう。

すなわち、ことばの世界が二重になるということは、ただ二つのことを同時に表現しているというだけではなく、二つの世界の間に対話が生まれる、つまり、合わせ鏡のように、一方の鏡の奥にさらにもう一方の鏡が映りというように、ことばとことばとがキャッチボールを繰り返すことで、奥行きのある複雑微妙な心情を表現しようとしているのです。

人の心というものは、もともとことばによって表現することの難しい、混沌とした複雑なものです。普通の散文的なことばでは表現することのできない、心の奥底の微妙で錯綜した、しかしかけがえのない切実な心情をなんとかすくい取りたいと思って工夫を重ねた結果が、こうした様々な和歌の技法になって現れているのだと考えることができるでしょう。

序詞や掛詞、縁語などに託された歌人たちのことばの上での工夫は、単なるレトリックやことば遊びではありません。そういう工夫を凝らした表現によってしか伝えることのできない微妙な心を言い表そうとするための懸命な努力の産物なのです。

付録　俳句の表現

ついでといってはなんですが、俳句の味わい方についてもひとこと触れておきましょう。

和歌（短歌）と俳句（発句）とは、どちらも五音・七音をひとまとまりとするリズムを持ち、普通の文章が「散文」と呼ばれるのに対して、別個の韻律を持った「韻文」と呼ばれています。しかし、両者の間には、長さの違いだけではない、かなり大きな違いもあります。

五七五七七の短歌形式は、先に例に挙げた「あしひきの山鳥の尾のしだり尾の」の歌のように、五七五の上の句と、七七の下の句とに分離しがちです（そうした和歌の特性を利用しているのが、「百人一首」というゲームです）。そのうちに、和歌の上の句と下の句とを別の人が作り、付け合わせるということが行われるようになりました。さらには中世になると、その下の句に、また別の人が新たな上の句をつけるというようにして、次々につなげてゆく、一種の仲間内で行う遊びが普及しました。これが「連歌」です。さらに江戸時代に入る頃になると、連歌の中でもことのほか大事なものとされる初めの一句が独立して評価の対象になるという現象が起こりました。これがいわゆる「俳句（発句）」です。

日本の詩の形式は、初めは五七を際限もなく繰り返す「長歌」という形式もあったのに、やがて長歌はあまり作られなくなって短歌が主流になり、さらには短歌から俳句が生まれ流行するというように、簡潔なほうへ簡潔なほうへと発展していった流れがあります。これは、日本人にとって「詩」とは何であったのかを考えさせられる、重要な文学史的事実です。

さて、三十一音というもともと短い和歌の形式をさらに切りつめたわけですから、十七音の俳句で表現できることはとても限られています。わずか十七音では、普通の言い方ではほとんど何も言えないに等しい。でも、俳句は十七音で豊かな内容を表現できる「詩」の一形式として自立しました。そこで、どのような変質が生まれたのか？

私の考えを簡潔に述べてしまうと、以下のように説明できると思います。多くの場合「心」と「景物」とを融合させてイメージを形作ろうとしていた和歌に対して、よりことば数の少ない俳句ではそれができなくなったため、あろうことか、「心」をことばの上から閉め出してしまいました。「詩」を生み出す上で一番大切なはずの「心」をことばとしては表に出さないという大胆な方法を編み出したのです。

目には青葉山ほととぎす初がつを　（素堂）

目に映る青葉、山ほととぎす、初がつを、ほとんど名詞を並べただけで成り立っているような句です。「文」にすらなっていないわけですが、この名詞の連なりだけで、初夏の爽やかな感覚が表現されています。

古池や蛙飛び込む水の音
閑かさや岩にしみいる蝉の声
枯れ枝に烏のとまりけり秋の暮れ

どれも有名な芭蕉の句です。これらの句においては、「景物」だけが表現されています。「古池や」の句だったら、表現されているのは、重く水をたたえている古池という視覚的情景と、蛙が飛び込む水の音という聴覚的印象だけです。それがどのように感じられたのかという「心」は、ことばにして現れてはいません。

しかし、「俳句」もまた一種の「詩」ですから、「物」だけが表現されているはずはなく、その句を作る人の「心」を表現することが本当の目的であるはずです。では、「心」はどこにあるのか?

実は、「古池や」の「や」が、「心」の表現に代わる働きをしているのです。「や」「かな」「けり」などを、俳句の用語では「切れ字」と言いますが、この「切れ字」が、「景物」の表現の背後に潜んでいる深い思いを暗示する働きをしています。

古池があるのは、おそらくうす暗い深い森のなかかどこかで、その池に蛙が飛び込んだかと思われる小さな水音が響いた。あとには深い静寂が残るばかり……。その小さな音が消えた後に残る静寂にじっと耳を傾けている主体がそこにいるはずです。その主体が感じていることが、この句の「心」です。「や」は、話者の中に深い思いや感動があることを表す助詞ですが、この句の場合、「や」という一字の中に、ここでの情景を目にしている作り手の心の中にある深々とした思いが託されています。このように、俳句の場合、ことばにされていない、ことばの背後にある情感に重要な意味が与えられています。

こうした主体の「心」は、「切れ字」という形をとらなくても、目に見えない形で表現されていると考えられます。

五月雨《さみだれ》をあつめて早し最上川　（芭蕉）

この句には、「切れ字」がありません。しかし、「五月雨のために水かさが増して、最上川の流れが速くなっている」という事実を述べただけでは「詩」になりません。この最上川の流れが常の季節よりも速いのは、降り続く五月雨がここに集まって水かさが増しているからだということに気づき、そここにはじめて訪れた土地で触れた季節の情感に何らかの感慨をおぼえている「心」が暗示されているのです。

このように、「俳句」というジャンルは、主体の「心」がことばとしては表現されず、透明な記号としてことばの背後に透かし見えるような仕組みで作られているところに特色があります。その暗示されるだけに留まっている「心」を想像し、自分の「心」を重ね合わせていくところに、俳句を鑑賞する楽しさがあります。

「俳句」では、ことばの上から「心」が排除され「景物」だけになる、それによって和歌とはまた別の相違点が生まれます。

和歌は一人称の「私」の心の表現だと先に述べましたが、俳句では、その「心」がことばの上から排除されているため、それが誰の「心」であるのかがいっそう曖昧になっています。

菊の香や奈良には古き仏たち　（芭蕉）

奈良には、古い時代の有名な仏像がたくさんあります。菊の香をかぐと、その古都奈良の面影が目に浮かび、古代からの様々な歴史が刻まれた土地の雰囲気がなつかしく感じられる、という意味あいの句です。

この句は、芭蕉が実際に奈良を訪れたときに作られた句です。しかし、詠み手が奈良を訪れたとき、菊の香が香ってきて、その時「私」はそう感じたというように、「私」の体験を表した句として読む必要はありません。この句はどこに詠み手の視点があるのかわからず、ただ「菊の香」「奈良」「古き仏たち」ということばが響きあうことで一つのイメージが生み出されています。そのイメージは、誰の心の中で結晶してもかまわないし、実際の体験を背景にして生まれたものでなくてもかまわないのです。ことばとことばとが響き合って生まれてくる微妙な情感、その感覚が「ああ、わかるなあ」と実感できれば、それでいいのです。ですから、あえていえば、この句は芭蕉のことばであって芭蕉のことばではない、これらのことばから一つのイメージを作り出すことのできる人々、みんなの思いが表現されている共同的なことばなのだということができます。

ことばによって生み出される情感、それが「ああ、わかるなあ」という共感を生み出すということは、そこで表現されているのと共通した情感が、観賞する人の心の中にもあるということです。この情感を共有している者同士の間で成立する得心の思い、「あるある」という思いが、俳句というジャンルを支えている重要な要素です。

公達《きんだち》に狐化けたり宵の春　（蕪村）

狐が貴族の公達に化ける、そんな昔話の中にでもありそうな不思議な出来事が、春の宵の雰囲気と響きあっている、というのでしょうか。この句にはまるで民話か説話の一場面でも読んでいるような印象があり、作り手の視点がどこにあるのか、作り手がそういう場面を見ているのか、想像しているだけなのか、すべてが曖昧です。ただ、そういう物語的な場面を連想させるようなロマン的な雰囲気が、「宵の春」ということばと響き合うものとして感じられればよいのです。漢詩に、「春宵一刻値千金」という有名な詩句がありますが（蘇軾）、古来、春の宵は朧がかった雰囲気に包まれた美しい時刻で、うっとりするような心持ちに誘われる時だとされています。そうした「宵の春」の雰囲気と、「狐が公達に化ける」というおとぎ話的な発想とが結びついたところに何かを感じとることができれば、この句の解釈としては十分でしょう。ここでも、俳句を作った人と、それを観賞する人との間で共有される「あるある」の感覚が見出されます。

「景物」をとらえる視点が曖昧というと、詩としての弱点のように感じられるかもしれませんが、その視点の曖昧さ、ことばとことばとのつながりの曖昧さにこそ、俳句というジャンルの面白さがあります。俳句において大切なのは、ことばとことば、イメージとイメージとの響きあいであり、そうしたことばによって生み出された世界が、句の作り手と句を鑑賞する私たちの間であまねく共有されているという安らかな感覚なのです。

あけぼのや白魚《しらうを》白きこと一寸　（芭蕉）

「あけぼの」と一寸の小さな「白魚」、この両者が響きあうことで生み出されるイメージが、この句の生命です。春に隅田川で採れる白魚、その半透明の白魚が台所のざるの中にあり、しらじらと夜が明けてくるにつれて、その姿が浮かび上がってくるという情景を、私などはイメージします。そこには、清少納言が「春はあけぼの」と書いたのとは別種の生活感のある「あけぼの」の趣が感じられます。

ですが、それは私の個人的な受け止め方であって、そのように感じなければならないということはありません。人それぞれ、自分の心に浮かんだイメージを思い描けばいいわけで、そういうイメージを喚起するきっかけになるのが句なのです。

こういう俳句的な世界になると、もはや現代語に訳すとどうなるかというような発問そのものが無意味だということが誰でもわかりますね。

これは俳句だけに限ったことではありません。どのようなジャンルの文学でも、文学を味わう際に大切なのは、原文のままでことばのニュアンスをよく味わうこと、そこに記されたことばの世界から導き出される生き生きとしたイメージを、自分の心の中で大切に思い描くこと、なのです。

ことばが生み出すイメージは、それまで自分が感じたことのない新しい感覚の世界を教えてくれるという場合もありますが、俳句の場合、自分のうちにありながらそれまではっきりと見えていなかった感覚や情感を自覚させてくれる、そういう喜びを与えてくれるという面が大きいように思われます。「あるある」と感じることが感動に結びつくというのは、そういうことなのでしょう。

終章　古典はなつかしい友だち

職業柄、いろいろな社会人向けの講座のようなところで古典についてお話しをさせていただく機会があります。企画によっては、お話しをした後で聴講者へのアンケート調査のようなものが行われ、そのアンケートをとりまとめたものを送ってくださることがあります。

こういう講演に参加される方は、皆様オトナですから、私の話をあからさまに批判するようなコメントは控え、おおむね「おもしろかったです」というような好意的な感想を書いてくださるのですが(笑)、中には、「これを機会に、もっと真剣に古典を学びたい」と書いてくださる方が少なくありません。「もっと学びたいです」と書いてくださった方の「年齢」の欄を見ると、話をした私などよりもはるかに高齢の方だったりすることがあります。人生の大先輩にあたる方々が「もっと学びたい」という熱意を持って勉強しに来てくださっていると思うと、こちらも襟を正さなければと思いますし、そういう方々が古典を学ぶ機会をもっと増やしていきたいと、真剣に考えます。

「学ぶ」ということは、若いときにだけするものではないという当たり前のことが、今の社会の中ではともすると忘れられがちなのではないでしょうか。

これまで古典に親しむ機会があまりなかった人でも、これから古典に親しむことはいつでも可能です。そういう方々のためのささやかな一助となればという思いから、古典に近づく方法について、ここまでいろいろと書いてきました。

古典を真剣に学ぼうとする際には、古文の文型を覚えるとか、現代にはないことばの意味を覚えるとか、そうした努力をすることはもちろんある程度必要です。でも、最初から体系的に学び直そうとしなくても、もともと古文に親近感を覚えていた人なら、楽しんで読みながら、並行して古文の文型や語彙についての知識を少しずつ増やしていくことは難しくはないでしょう。

しかし、私がいま一番気にかけているのは、もともと古文に苦手意識を持っているけれど、それでもずっと古典のことが心に引っかかっている、そういう人です。そういう人は、豊かな古典の世界の入り口まで来ていて、なお一歩前に進めないでいる、というような人なのではないかと思います。そういう人は、まず何から始めたらいいのでしょうか。

自力で読めるようになれば、古典を読むことが楽しくなる、それははっきりしています（読んで楽しいものだから、何百年も受け継がれて私たちの文化遺産になったものが古典なのですから）。ではどうすれば自力で読めるようになるのか、それが問題です。

これとこれとを勉強すれば古文が読めるようになる、というわけにはなかなかいかないものです。個々の古文単語の意味を覚えて、それらをつなぎ合わせてみても、結局何が書いてあるのかは依然としてわからない、そういう失望を味わった経験のある人も多いのではないでしょうか。

この本の冒頭にも書いたように、私自身の古文体験は、具体的にこれとこれとを身につけて古文が読めるようになった、というようなプロセスをたどってのものではありませんでした。そういういわば「足し算」の結果として読めるようになったわけではなく、そこに書かれていることばのもつトーン、旋律のようなものが、読んでいるうちにある時から感覚的に自分の心に入ってくるようになった、ということだったように思います。そして、いったんその心地よさを味わってしまえば、どんどんその心地よさを追求していきたい気持ちが強くなり、様々な文章を読む楽しさを憶えていくことができたのです。

そんな感覚的なことをいわれても、読者の方々は困ってしまうかもしれませんね。でも、語学や「ことばについての学び」って、そういうものだと思うんです。「これとこれを身につければオーケー」というような「足し算」をしていった結果ではなくて、ことばについて学ぼうとする好奇心の積み重ねが、ある喫水線を超えた瞬間に、ぱっと視界が開けるように、総体として理解できるようになるというようなものではないでしょうか。

そのためには、ちらちらと古文が目に触れるような環境を作っておくのが効果的なようです。手始めに、『おくのほそ道』を一冊買ってきて、目に触れるところに置いておく。そうすると、気になりますから、暇なときに手にとって、数行でも読んでみる。心に触れるところがなければ、また本を閉じてしまってもいいと思います。何か感じるところがあれば、古語辞典を久しぶりに引っ張り出してきて、そこに出てくる気になることばを引いてみる。

そんな自分にとって無理のないところから始めてみるので、ちっともかまわないと思います。

一大決心をして体系的な勉強を始めようとしなくても、古典に関する本を身近に置いておいて、ときどき手にとる、それだけで充分です。そうしているうちに、ある日ひょいと、「なんだか読めるような気がする」という瞬間が訪れるはずです。

この本の中で、繰り返し述べていることですが、「読める」というのは「現代語に訳せる」ということではありません。原文に触れてみて、理屈でなくおもしろいと感じることです。肌で感じるということです。そういう感覚的な受容をばかにしてはいけません。むかしの人はみんな、そのようにして古典に親しんできたのですから。

最後に、有名な作品から二つの文章を取り上げてみます。試みに、今回は現代語訳なしで読んでみましょう。


しめやかなる夕暮に、宰相の君とふたり、物語してゐたるに、殿の三位の君、簾《すだれ》のつま引きあげてゐ給ふ。年のほどよりはいとおとなしく、心にくき様して、「人はなほ、心ばへこそ難《かた》きものなめれ」など、世の物語、しめじめとしておはするけはひ、をさなしと人のあなづり聞ゆるこそ悪しけれと、恥づかしげに見ゆ。うちとけぬほどにて、「多かる野辺に」とうち誦じて、立ち給ひにし様こそ、物語にほめたる男の心地し侍りしか。

（『紫式部日記』）

中宮彰子に女房として仕えていた紫式部が、宰相の君（女性です）という同僚と局でくつろいでいるところへ、主君である藤原道長の子息、頼通（「殿の三位の君」）が顔を出し、ことばを交わすという場面です。この時頼通は十七歳、ずっと年上の紫式部の眼から見た青年頼通の印象が、ここには綴られています。

「しめやかなる」というのは形容動詞で、「湿った（しめった）」などの「しめ」と同じ、「しっとりとした」「落ち着いた」という訳語があたります。「しめやかなる夕暮」というのは、そうした落ち着いた雰囲気のある夕暮れ時ということです。「おとなしく」は「大人びている」、「心にくき」は「しっかりしている」というぐらいの意味、頼通のことばの中の「心ばへ」は、「外からうかがわれる気性」のことです。紫式部は、まだまだ子どもだと思っていた頼通様が、いつのまにかこうして人物の人柄（特に女性の、でしょう）について批評し合うことができるほどに成長していたことに感動しています。

「おほかる野辺に」は、

女郎花多かる野辺に宿りせばあやなくあだの名をや立ちなむ　（『古今集』秋上　小野美材）

女郎花が多く咲いている野辺で一夜を過ごしたならば、むやみに浮気者だという評判が立ってしまうだろうか。

という歌の一節です（女郎花を女性に喩えています）。こうした古歌の引用によって意思の疎通を図るのは、貴族のたしなみでした。

この時頼通がどういうつもりで紫式部らの局を訪ねたのかはわかりませんが、あまり長居をするつもりはなかったらしく、ちょっとことばを交わしたばかりで去っていきました。その別れ際に、「おほかる野辺に」と口ずさむのは、二人の女房を女郎花に見立てて、「美しいあなた方の所にあまり長居をしていると、変な噂を立てられそうなので、これで失礼します」というしゃれた挨拶の気持ちを籠めています。

こうした頼通の立ち居振る舞いを、洗練された好ましいものととらえる美意識が、王朝の貴族たちが共有していた感覚です。またここには、そうした頼通と自分たちとが風雅なやりとりをしているという場面自体を、美しい絵を額縁に入れて飾っておくように、一つの美しい場面として切り取って描き出そうとする美意識が感じられます。

そうした対象をとらえる視点、場面をとらえる視点の中に、現代の私たちが持っていない感性の世界がありまず。それを感じとり、その感覚と同期することに成功したとき、「おもしろいなあ」「すてきだなあ」という感想がわいてくるでしょう。

古文を読むときには、文章を読むための時代や生活についての常識を学ぶことが必要だと言われています。それはその通りなのですが、文章を構成している一つ一つのことばと別に古典常識というものがあるわけではありません。頼通の態度を「心にくし」と表現する、そのことばのニュアンスの中に紫式部の美意識が反映しているのであり、「物語にほめたる男の心地しはべりしか」と評することばの中に、物語というフィクションの中で理想的な男性像を追求してきたこの時代の貴族の感性がにじみ出ています。そういう感覚が身近に感じられるような気持ちがしたとき、そこに登場する人々がぐっと身近な存在になったように感じられるのではないでしょうか。

次に、もう一つ別の作品から。

あだし野の露消ゆる時なく、鳥部山《とりべやま》の煙立ち去らでのみ住み果つる習ひならば、いかにもののあはれもなからむ。世は定めなきこそいみじけれ。

命あるものを見るに、人ばかり久しきはなし。かげろふの夕べを待ち、夏の蝉の春秋を知らぬもあるぞかし。つくづくと一年を暮らすほどだにも、こよなうのどけしや。飽かず惜しと思はば、千年を過ぐすとも、一夜の夢の心地こそせめ。

（『徒然草』七段）

「あだし野」は都の北西部、「鳥部山」は都の南東部に当たり、いずれも亡骸を葬る場所として知られていました。人間は誰しもいつかは死んでしまう。だからこそ、「もののあはれ」も感じられるのだ、人は滅びるものだからこそ生きる価値があるのだ、と兼好は言います。「かげろふ」や「夏の蝉」に比べれば、人間の寿命はとても長い。その時間を大切に生きようとしないで、ただひたすらもっと長生きがしたいと、そのことばかり願っていたら、たとえ千年の寿命を得たとしてもあっという間にむなしく過ぎてしまうだろう、と。

兼好法師が言っていることは、いわれてみればもっともなことだと誰もが思うでしょう。ここには、諸行無常であることに美を見出していた平安時代の人々とはまた違った価値観、人生観が刻み込まれています。そこに大きな説得力が生まれているのは、それを表現する際の兼好の文章が独特だからです。「世は定めなきこそいみじけれ」というきっぱりとした断定、「飽かず惜しと思はば、千年を過ぐすとも、一夜の夢の心地こそせめ」という見得を切るような大仰な比喩表現。ここには古典作品の中でも屈指のグルーヴ感があります。

他にも、

・大事を思ひ立たむ人は、さりがたく心にかからむことの本意を遂《と》げずして、さながら捨つべきなり。

・花は盛りに、月はくまなきをのみ見るものかは。

など、『徒然草』の中には、ジャズ・サックス奏者のチャーリー・パーカーも真っ青なグルーヴ感あふれる表現が充ち満ちています。兼好法師の文章は「かっこいい」のです。

『紫式部日記』のような「しみじみ系」や、『徒然草』のような「かっこいい」系や、一口に古典といっても、その中にはいろいろなタイプの作品があります。市販されている様々な古典文学全集の類をめくってみて、自分の感覚にフィットする作品を探してみてください。「今まで存在も知らなかったけれど、自分にぴったりの作品」が見つかるかもしれませんよ。

好きな「音楽」を聴いたり、好きな「小説」を読んだりするのと同じように、日常の生活の中に折に触れて手にとる好きな「古典」が入っていたら、きっと心豊かな毎日になること、うけあいです。

付録　活用について

活用とは、下の続く語によって語尾の形が変わることです。手を繋ぐ相手によって、手の差し出し方が違うようなものです。名詞などは下にどんなことばが来てもその語自体の形は変わりませんが、動詞・形容詞・形容動詞・助動詞に関しては活用があります。

未然形＝下に打消の「ず」などがくる。
連用形＝下に「たり」などがきたり、文の途中で中止する。
終止形＝言い切りの形（文末）。
連体形＝下に「とき」などの体言（名詞）がつく。
已然形＝下に「ども」などがつく。
命令形＝命令の形で言い切る（文末）。

たとえば、「読む」という動詞だったら、

読ま（ず）　（未然形）
読み（たり）　（連用形）
読む　（終止形）
読む（とき）　（連体形）
読め（ども）　（已然形）
読め　（命令形）

というように、語尾の形が変わります。このような活用は（マ行）四段活用と呼ばれ、その変化の形はことばごとに違います。この「何々活用」という変化の仕方は、動詞では全部で九種類あります。接続即ち下の語が活用形の何形につくかによって意味が違ってくることがあるので、その点は要注意です。

たとえば、「行く」という動詞の未然形に「ば」がついて「行か・ば」であれば、「行ったならば」という仮定条件になるし、已然形に「ば」がついて「行け・ば」であれば、「行くと」「行ったので」という確定条件になります。解釈の間違いのもとになるので、この活用と接続については知っている必要があるのですが、それを詳しく説明していると、たちまち学習参考書のようになってしまいます。それでは、楽しみながら古典を身近に感じられるようになろうという本書の趣旨に反します。

そこで、この項の後ろに「付録」として活用表を掲げて、ごく簡単に説明するだけで済ませることにしましょう。普通に古文を読むためには、それで十分なはずです。「厳密に解釈したいから、もっと詳しいことが知りたい」という方は、すみませんが、学習参考書などを併用するようにして下さい。

自分で古典を読む際に間違えやすいポイントとして、識別の難しい語法があります。間違いやすいもの三つだけにしぼって説明しておきます。

ア「ぬ」の識別

完了の助動詞「ぬ」は連用形接続で、連用形についている「ぬ」は完了の助動詞の終止形です。

花咲きぬ。(花が咲いた)

打消の助動詞「ず」は未然形接続で、未然形についている「ぬ」は打消の助動詞の連体形です。

花咲かぬまに、(花が咲かない間に)

イ「なり」の識別

断定の助動詞「なり」は体言につき、伝聞・推定の助動詞「なり」は終止形(ラ変動詞は連体形)につきます。

男もすなる日記といふものを、女もしてみむとてするなり。

男が書くと聞いている日記というものを、女の私も書いてみようと思って書くのだ。

ここには「なり」が二つ出てきますが、前のほうはサ変動詞の終止形「す」についているので伝聞・推定、あとの方は連体形「する」についているので断定を表します。

ウ「なむ」の識別

終助詞の「なむ」は未然形につき、願望を表す。助動詞「な・む」は連用形につき、「きっと～だろう」という推量を表す。係助詞の「なむ」は名詞・連体形・助詞などにつき、軽い強調や息継ぎを表します。

花咲かなむ。（終助詞）

花が咲いてほしい。

花咲きなむ。（助動詞）

花が咲くだろう。

花なむ咲く。（係助詞）

花が咲く。

〈動詞の活用〉

	未然形	連用形	終止形	連体形	已然形	命令形	例
	活用語尾の母音						
四段	ア	イ	ウ	ウ	エ	エ	読む・書く、など多数
上二段	イ	イ	ウ	ウる	ウれ	イよ	起く・落つ、など多数
下二段	エ	エ	ウ	ウる	ウれ	エよ	受く・出づ、など多数
ナ変	な	に	ぬ	ぬる	ぬれ	ね	死ぬ・去（往）ぬ
ラ変	ら	り	り	る	れ	れ	あり・をり・はべり・いまそかり

＊語幹と活用語尾の区別がないもの

	未然形	連用形	終止形	連体形	已然形	命令形	例
上一段	イ	イ	イる	イる	イれ	イよ	着る・見る・似る・煮る・干る・射る・鋳る・居る・率る
下一段	け	け	ける	ける	けれ	けよ	蹴る
カ変	こ	き	く	くる	くれ	こよ（こ）	来《く》
サ変	せ	し	す	する	すれ	せよ	す・おはす

〈形容詞の活用〉

ク活用	く から	く かり	し	き かる	けれ	かれ	よし・憂し、など
シク活用	しく しから	しく しかり	し	しき しかる	しけれ	しかれ	をかし・悲し、など

〈形容動詞の活用〉

ナリ活用	なら	なり に	なり	なる	なれ	なれ	静かなり・きよらなり、など
タリ活用	たら	たり と	たり	たる	たれ	たれ	堂々たり・洋々たり

＊助動詞の活用は、ことばごとに違いがありますが、だいたい動詞等の活用から類推できるので、本書では省略します。

コラム　文法的にはっきりしないこともある

前節では、活用と接続の仕方によって意味が変わるという話をしましたが、いつもどの用法かがはっきり決まるというわけではなく、どちらとも決めかねるというケースも出てきます。

『源氏物語』の紅葉賀巻、藤壺宮は皇子を生み、自分の子だと思っている桐壺帝は喜びますが、実は密通によって生まれた子だと知っている藤壺と実の父親光源氏は苦悩します。源氏が藤壺に贈った歌。

よそへつつ見るに心はなぐさまで露けさまさるなでしこの花

なでしこの花を若宮によそえながらあなたのことを忍ぶつもりでおりましたが、やはり悲しくて涙のこぼれることです。

それに対する藤壺宮の返歌。

袖濡るる露のゆかりと思ふにもなほうとまれぬやまとなでしこ

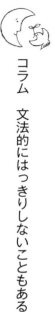

この藤壺の歌の大意は、「若宮があなたのゆかりと思うにつけても苦悩が深まるばかりです」ということなのですが、「うとまれぬ」の「ぬ」が完了なのか打消なのかで、研究者の間でも意見が分かれています（「うとまれ」の「れ」は未然形とも連用形とも考えられるので、文法的にはどちらも可能）。完了ととると、「秘密の子だと思うと、素直にいつくしむ気持ちになれない」という意味になるし、打消ととると、「あなたの子だと思うと、たとえ秘密の子であってもうとましく思うことはできない」という意味になります。

藤壺宮の真意として逆のようになるので、大きな問題ですが、文法的には決着がつきません。

皆さんはどちらがいいと思いますか？

あとがき

この本を手に取って下さってありがとうございます。

冒頭の「はじめに」にも書きましたが、学校を出てからもうだいぶ月日が経ったけれど、もう一度古典を学んでみたい、古典を原文で読んでみたいと思っている方をイメージして、この本を作りました。昔学んだ古典に再挑戦してみたい、あるいは学校で読んだことのない作品に挑戦してみたい、そう思っている方は意外に多いようです。でも、古語の意味や古典文法については、すっかり忘れてしまった。かといって、学習参考書でもう一度勉強し直すのはつらい。そうですよね。そういう気持ちはよくわかります。

そこで、オトナが楽しんで読みながら古語や古典文法の学び直しができるような本があればいいなという思いで作ったのがこの本です。よかったら通勤の電車の中とか、寝る前のベッドの中で、少しずつ気楽な気持で読んでみてください。

社会人の方が対象だという言い方をしましたが、現役の高校生、受験生の皆さんでも、「普通の学習参考書とは違う、こういう学び方の本も自分の性格には合っているな」と思ったら、どうぞどんどん使ってください。学習参考書なら、大学受験が終わってしまったらもう要らなくなりますが（学習参考書を出している出版社の方、ごめんなさい）、この本は大人になってから改めて読み直してもそれなりに楽しめると思います（たぶん）。

それから、中学高校で国語を教えている先生方も、ちょっと手に取って眺めていただけるとうれしいです。「この部分は自分流にアレンジすれば授業で使えそうだ」と思う箇所があったら、どんどん使ってみてください。別にプライオリティは主張しません。古典に親しむ人を一人でも増やしたいというのがこの本の目的ですから、役に立ちそうなら自由に使っていただいてかまいません（説明の文章そのものの無断引用はちょっとまずいので、その点だけ気をつけてくださいね）。

近年では、「古典なんか学ぶ必要はない」と声高に主張する人が増えています。戦略的にそういう言い方をしているのならともかく、本気でそう考えているのだとしたら、気の毒な人だなあと思います。こんなに豊かで面白い世界に触れることなく終わるなんて、人生において大きな損をしていると思います。もしかすると、古典を読んでいて、それまでの人生観が変わるほどのインパクトのあるフレーズに出会うことだってあるかもしれません（なにしろ長い間大切にされ、読み継がれてきたものなので、最近の新しい文章よりはそういう印象的なフレーズに出会う確率は高いと保証します）。

この本が古典に近づきたいと思っている人のささやかな手助けになれば、こんなにうれしいことはありません。

この本の刊行は、コロナの影響もあって大幅に遅延しました。やっとお届けできるような形になって、ほっとしています。この間、辛抱強くお付き合いくださった青簡舎の大貫祥子氏に深く感謝いたします。

二〇二四年一二月

土方洋一

土方　洋一（ひじかた よういち）

1954年生まれ。
青山学院大学名誉教授。
専攻は、平安文学および物語論。

オトナのための 古文再チャレンジ

二〇二五年三月二五日　初版第一刷発行

著　者　土方洋一
発行者　大貫祥子
発行所　株式会社青簡舎
〒一〇一-〇〇五一
東京都千代田区神田神保町二-一四
電　話　〇三-五二一三-四八八一
振　替　〇〇一七〇-九-四六五四五二
装幀・イラスト　鈴木優子
印刷・製本　モリモト印刷株式会社

ISBN978-4-909181-48-0 C1093